그리움의 그리움

고전 칼럼

그리움의 그리움

이강엽 지음

◖ 책머리에 ◗

우리 고전 공부에 들어선 지 40년이 넘었다. 처음 지녔던 포부에 대자면 여전히 부족하지만, 뜻밖의 수확도 적잖이 있었다. 논문을 쓰거나 학술서를 내는 틈틈이 이런저런 인연으로 여러 지면들에 글을 쓰게 된 것이다. 특히 연재물의 경우는 일반 독자들을 주기적으로 만날 수 있는 소중한 기회였고, 그를 계기로 내 공부가 어디쯤 왔는지 확인해 보는 가늠자가 되어주었다.

여기에 실린 글들은 최근 2~3년간 〈이강엽 교수의 고전나들이〉라는 제목을 달고 일간지에 연재한 칼럼을 모은 것이다. 다시 읽어가며 문장을 가다듬고 일부를 덧대기도 했지만 본의는 그대로 살려두었다. 예정보다 길게 연재할 수 있도록 사랑으로 읽어주신 독자분들께 특별히 감사의 인사를 드리며, 한 권으로 다시 묶어 새로운 독자를 만날 채비를 한다.

평소 마음속으로 외는 "책은 작은 세상, 세상은 큰 책"이라는 구호가, 이 책에 언급된 많은 고전 속에서 살아나기를 소망한다.

2024년 5월

'작은 세상'에서

이강엽

◖ 차례 ◗

1. 자연스럽게

2. 지금 여기에서

3. 손을 맞잡고

4. 갈림길에 서서

5. 사람의 향기와 품격

6. 한 걸음 더

7. 세상에 드리운 그늘

1.

자연스럽게

자연스럽게

오래 전, 후배 부부가 결혼하였다. 신랑은 시골내기, 신부는 서울내기였는데 신방으로 택한 집이 아파트가 아니라 단독주택이었다. 신혼부부라면 으레 아파트를 선호하는 데다 도시생활에 익숙한 신부를 생각하면 뜻밖이었다. 그런데 의아해하는 내게 신랑의 대답이 걸작이었다. "여름에 수박을 먹다 마당에다 씨를 뱉을 수는 있어야지요." 모든 쓰레기는 곱게 모아 쓰레기통에 버려야 한다고만 생각하던 나로서는 선뜻 이해하기 어려운 대목이었다. 그러나 지금처럼 플라스틱 용기 같은 생활용품의 사용이 없을 때라면 거의 모든 쓰레기들은 이내 썩어서 자연과 동화되었을 것이고, 지금은 그저 처치 곤란한 음식물 쓰레기들도 두엄 속에서 천연비료로 재탄생되곤 했다.

사람의 삶 또한 그런 건강한 사이클을 그려낸다면 더 바랄 게 없을 텐데, 김인후(金麟厚)는 시조 작품으로 그러한 이상적인 모습을 잘 그려냈다.

청산도 절로절로 녹수(綠水)도 절로절로

산 절로 물 절로 산수 사이에 나도 절로

그 중에 절로 자란 몸이 늙기도 절로 하리라

'절로'를 아홉 번이나 반복하면서도 어색하기는커녕 도리어 자연스러운 리듬을 만들어내는 게 일품이다. 산이든 물이든 온 자연이 다 절로 존재하는 이치를 지니고 있으니 그 속에 사는 인간 또한 그 이치대로 절로 살고 절로 늙다가 절로 죽겠다는 생각이다. 산은 변하지 않고 절로 그 자리에 있고 물은 늘 흘러가며 절로 앞물을 밀어낸다. 이렇게 둘은 맞선 듯이 보이지만, 늘 그 자리에 있는 산은 계절별로 빛깔을 달리하는 반면, 늘 흘러가는 물은 언제나 똑같은 푸른 빛깔로 멈춰있는 것처럼 보인다. 변하고 변하지 않는 것이 그렇게 엇갈리며 저절로 제 자리에 있고, 사람도 그에 맞추어 절로 살고 절로 늙겠다고 한다.

그러나 그 쉬워 보이는 '절로'가 현실에서는 그리 만만치 않다. 가령 이규보의 〈괴토실설(壞土室說)〉에는, 월동 준비를 위해 토실을 마련한 종들을 야단치는 이야기가 나온다. 종들은 토실에 대해 겨울에 화초나 과일 등을 저장하기에 좋고, 길쌈하는 부녀자들에게도 편리하며, 날이 추워 손이 터지는 일이 없다는 등 그 좋은 점들을 쭉 열거했다. 그러나 이규보는 종들의 노고를 치하하기는커녕 호되게 야단쳤다. 여름에 덥고 겨울에 추운 것이 정상적인 이치인데 그걸 어기는 것은 하늘의 명을 거역한다는 이유였으며, 토실을 허무는 것으로 작품이 끝난다.

아무리 생각해도 이규보의 처사는 지나친 측면이 있다. 더구나 자신은 추운 겨울에도 따뜻한 방에 들어앉아 험한 일을 안 해도 되는 입장에서 추위 속에 일을 해야 하는 아랫사람에 대한 온정을 보이지 않는 게 영 불편하다. 그럼에도 불구하고 이규보의 생각에 귀를 기울여야 할 대목이 있다면, 혹여 편리함에 대한 욕구가 자연스러움을 압도하여 '절로절로'의 건강한 사이클을 훼손하지는 않는가 하는 점이다. 한겨울에도 거실에서 반팔 차림으로 있는 게 이상하지 않고, 한여름에 부채나 선풍기는커녕 에어컨 없이는 하루도 살 수 없을 것 같은 시절을 지내면서 어디까지가 '절로'인지를 헤아려보게 된다. 추우면 추위와 지내고 더우면 더위와 지내는, 얼마간의 불편함을 감수하려는 자세는 벌써 수십 년 전에 떠나온 딴 세상의 일이다.

그리하여 지금 시세가 배산임수(背山臨水)의 풍광을 즐기는 대신 뒤로는 대단지 아파트를 두르고 앞으로는 시원하게 뻗은 대로를 내려다보며 풍요를 구가하더라도, 절로 변하고 변하는 중에 한결같은 무언가가 자연스레 함께 하는 그 '절로절로'의 정신이 얼마간은 필요하지 않을까싶다.

걱정, 진짜 걱정, 진짜 진짜 걱정

요 근래 세상이 어수선했다. 이름 모를 바이러스가 떠돌더니 수년간을 전염병 속에 갇혀 지냈다. 그 와중에 그래도 젊은 축에 드는 사람은 웃으면서 소식을 전해오지만, 나이가 많은 사람이라면 경우가 다른 것 같았다. 더구나 지병까지 있다 보면 이 병으로 죽게 될 수도 있겠다는 두려움이 엄습하는 모양이다. 개중에는 할 일을 다 끝냈으니 무슨 일이 닥쳐도 별일이 아니라는 대범한 사람도 있지만 그러기가 쉽지 않다. 남은 시간은 짧아졌는데 할 일은 여전히 많이 남은 '일모도궁(日暮途窮)'이 현실이 된 것이다.

대체 어느 정도에 이르러야 제 할 일이 끝나는지 모를 일이나, 과업을 무사히 완수하여 무언가가 남기를 바라는 마음은 인지상정. 조선후기 유명한 실학자인 이수광(李睟光)은 다음과 같은 말을 남겼다.

> 왕언장(王彥章, 중국 후량의 무장)이 이르기를 "표범은 죽어서 가죽을 남기고, 사람은 죽어서 이름을 남긴다."고 했다. 또 속담에

> 이르기를 "나무는 늙으면 열매에게 전하고, 사람은 늙으면 자식에게 전한다."고도 한다. 나는 이른다. "사람이 죽어도 전해줄 만한 이름이 없고, 자식이 있어도 전해줄 만한 사업이 없는 사람은 어떻게 할 것인가?"(『지봉유설(芝峯類說)』)

호랑이 같은 동물도 죽어서 무언가를 남긴다는데 사람으로 태어나고서 왔다가 그냥 간다면 안 될 말이다. 그러나 전해줄 이름도 없고 남겨줄 사업도 없다면 그런 걱정은 번지수를 잘못 찾아들었다. 그렇다면 무얼 전하게 되지 못할까 하는 걱정은 원천적으로 할 필요가 없으니 말이다. 진짜 걱정은 전해줄 무언가가 없는 처지에 놓인 일인데, 이상하게도 사람들은 거기에 생각이 미치지 못한다. 가령, 화가를 예로 들자면 그림이 제대로 되지 않는 것을 걱정하기보다 그림이 팔리지 않는 것을 걱정하는 셈이다. 화가의 본분을 잊고 그림장사로 전락한 본말전도가 일어났기 때문이다.

이 점에서 무언가를 전하지 못할까 하는 게 여느 범상한 '걱정'이라면, 특별히 제 것이라고 자랑스레 전해줄 게 없는 것은 '진짜 걱정'이다. 그러나 최근에는 이수광의 탄식 위에 '진짜 진짜 걱정'이 하나 더 덧붙는 것 같다. 너도나도 아이를 낳지 않으니 고심참담하게 노력하여 전해줄 걸 손에 쥐었다 해도 그걸 전해 받을 사람이 딱히 없게 될 기이한 상황이 벌어지고 있는 것이다. 새끼들은 많은데 먹일 젖이 부족하다 했던 옛 어른들의 한탄마저 잠시 부러워지는 수상한 시절이다. 그토록 고대해 마지않던 선진국의 문턱에 서서, 살아보니 돈 걱정이 가장 작은 걱정이라시던 어머니 말씀이 가슴 한켠을 때린다.

내가, 그럴 리가 없기는 하겠지만, 이수광처럼 좋은 책을 내게 된다면 이렇게 쓰겠다.

> 이수광은 "사람이 죽어도 전해줄 만한 이름이 없고, 자식이 있어도 전해줄 만한 사업이 없는 사람은 어떻게 할 것인가?"라 탄식했다. 나는 덧붙인다. "사람이 죽어 전해줄 만한 이름도 있어도 이어받을 자식이 없다면 어떻게 할 것인가?"

잘 갖고 잘 살기

오래 전, 대학 교수로 임용이 되어 어느 은사님께 인사드리러 갔을 때의 일이다. 다른 분들은 대체로 축하한다거나, 열심히 하라거나 하는 덕담 일색이었는데 그분은 좀 달랐다. "이 군, 처신하기에는 빈천할 때가 좋네." 그 말이 무슨 뜻인지를 헤아리는 데는 그리 오랜 시간이 걸리지 않았다. 어렵게 지낼 때는 무슨 행동을 하든 한 수 접어주지만, 조금 형편이 펴지고 나면 그럴 여지가 줄어들기 때문이다. 가령 자잘한 돈이 걸린 일에 염치없이 나설 때, 전에는 형편이 어렵다는 이유로 보아 넘겨주던 것을 이제는 매섭게 꾸짖는 목소리가 들려오기 시작하는 것이다.

남보다 더 가진 사람이라면 그에 맞는 처신이 필요한 법인데, 옛날의 어느 문인은 이렇게 일갈했다.

> 가지고 있으면서 그 가진 것을 제 것으로만 하려는 사람은 망령된 자이고, 가지고 있으면서 갖고 싶지 않은 듯이 하는 사람은

> 기만하는 자이고, 가지고 있으면서 그것을 잃을까 걱정하는 사람은 탐욕스러운 자이며, 가진 것이 없으면서 꼭 가지고 싶어하는 사람은 조급한 자이다.(신흠(申欽), 「기재기(寄齋記)」)

무언가를 가졌다면 독점하겠다는 망상을 버리고, 없는 체 위선 떨지도 말며, 지키겠다는 생각에 불안해하지 말며, 혹여 못 가졌다 해도 안달하지 말라는 말이다. 그러나 그건 어디까지나 이론일 뿐, 실제는 퍽이나 어렵다. 한번 움켜쥐면 내놓기는커녕 그것을 발판으로 더 가지려 애쓰는 것이 예사이다. 비록 지금은 내 것이라 해도 그 안에는 남들의 몫도 있는 걸 알아 기꺼이 나눌 수 있을 때 처신의 첫 단추는 잘 꿰진 셈이다. 더구나 자신이 노력해서 그것을 얻었듯이 누군가가 지금 그렇게 노력하고 있다면 그 사람 역시 그것을 얻은 기회와 권리가 보장되어야 한다.

다행히 그 단계까지 순조롭게 가더라도, 이제 더 큰 고개가 남아 있다. 권력이든 돈이든 무언가를 갖게 되면 이상하게도 도리어 자신은 그런 것들과는 거리가 멀다며 초연한 체하는 사람들이 있다. 빤히 보이는 투기판에 나서면서도 국가와 사회를 위한 투자를 한다 포장하며, 누구 하나 추천하지 않는 선거판에 나서면서도 자신을 위해서가 아니라 남들을 위해서 어려운 일에 나섰노라고 자랑스레 떠벌린다. 나아가 그렇게 억지로 나서서 용케도 다 얻고 나서는 어찌된 일인지 자신은 여전히 가난하고 아무 힘도 없다며 엄살을 떨곤 한다. 이는 소위 '남들의 가난까지 훔치는 부자'의 부류인데, 가난하고 힘없는 사람들 입장에서는 허탈함을 넘어 혐오감이 일어난다.

더 다행히 그 두 개의 덫을 빠져나온다 해도 이번에는 정말 풀기 어려운 문제가 기다린다. 한자의 '貪(탐)'이 보여주듯 지금[今] 눈앞의 재물[貝]에 눈이 멀어 그것을 영원히 갖겠다고 덤벼들기 때문이다. 이 좋은 자리를 남에게 물려주기가 아깝고 가진 재물을 다 못써보고 죽을 게 걱정이다. 그래서 얼만 남지 않은 시간 동안 더 높이 가고 더 많이 가지려 혈안이 될 뿐, 남들에게 베풀 기회 또한 얼마 남지 않은 것은 영 깨치지 못한다.

그래서는 가지지 못한 사람들의 조급함에 대해 무어라 말할 수가 없다. 지금 당장은 아니더라도 순리대로 애쓰며 지내다보면 누구나 가질 수 있다는 믿음이 사라질 때, 싸워 얻지 않고는 늘 빈털터리라는 아비규환에서 벗어날 길이 없는 것 같다. 오래 전 은사님께서 일러주신 처신 역시 그러할 것 같다. 열심히 애를 써도 오랫동안 빈천함을 벗기 어려운 세상이 되지 않으려면 부귀함을 지닌 사람들이 제대로 처신해야만 한다. 남보다 많이 가진 사람들이 망령되지 않게, 기만하지 않고, 탐욕 없이 잘 살아서 조급함이 없는 넉넉한 세상으로 한 발 다가서길 기대해본다.

나의 집은 어디인가?

조선 중기의 시인 이달(李達)은 불행하게도 서얼이었다. 당대 최고의 시인으로 공인 받기에 충분했으나 남다른 처지는 그를 한 자리에 머물게 하지를 못했다. 그래서 여기저기 떠돌았는데, 서울을 떠돌 때의 심정을 담은 시가 있다.

서울 와서 나그네로 떠도는 손아	京洛旅遊客
구름 낀 산 어느 곳이 그대 집인가?	雲山何處家
성긴 연기 대숲 길에 피어오르고	疎煙生竹逕
가랑비에 등꽃들이 지는 곳일세	細雨落藤花

(〈윤서중 운을 따라 짓다(次尹恕中韻)〉, 송준호 역)

앞의 두 구와 뒤의 두 구가 문답형으로 구성되어 있는데 사실은 자문자답이다. 객지생활이 본디 힘겨운 법이지만 서울살이라면 더욱 그렇다. 사람들은 많은데 아는 사람은 적고, 휘황찬란한 곳에서 초라함이 더욱 커지기 때문이다. 이럴 때는 이름만 대면 알만한 그럴듯한 고향이라도 있다면 다행이겠는데 시인의 처지가 영 그렇질 못하다. 그래서 저 멀리 구름 낀 산을 보며 자답을 한다. "내 집은 말이요~" 하며 설명을 하는데, 가만 보면 어느 고을에나 있을법한 풍경이다.

어쩌면 서울을 떠나서도 딱히 집이라고 할 곳이 없어서 그렇게 답했는지도 모르겠지만, 집이 어디인가를 설명하며 '성긴 안개', '대숲길', '가랑비', '등꽃'을 들고 나온 점은 부러운 대목이다. 스스로를 애처롭게 여겨 위무하는 느낌이 분명해서 딱한 처지에 공감을 하기는 해도, 요즘 우리들의 삶이 그런 풍경과는 영 멀리 있기 때문이다. 자기가 사는 곳을 설명할 때면 무슨 동 어느 대형빌딩 옆이라거나, 아무 아파트 단지 등 인위적이며 계량화된 잣대를 쓰곤 한다. 심지어 평수가 어떻고 시세가 얼마인 집이라며 묻지도 않은 말까지 주워섬길 때도 있다.

아주 심한 경우는 사는 곳이 어디냐고 물으면서 면전에서 스마트폰으로 검색해보는 사람까지 생겨났다. 세상이 좋아진 탓인지, 투명해진 덕인지 동네 이름만 말하면 그 근처 아파트단지가 쭉 떠오르고 그 옆에 시세까지 훤하게 등장한다. 아마도 그 사람은 상대방이 사는 집이 자기 집 시세에 견주어서 어떠한지 가늠해볼 것 같다. 마치 상대가 무슨 생각으로 무슨 일을 하는지는 전혀 몰라도 걸치고 나온 옷과 달고 나온 장신구의 가격만으로 그 사람을 판단할 수 있다는 식이다.

급기야 초등학생들까지 나서서 친구의 집이 자가인지 전세인지를 궁금해하는 지경에 이르렀다.

그러나 아파트 벤치 위로 그늘을 드리운 등나무의 꽃이 붉은빛인지 보랏빛인지 살필 새도 없이 바삐만 지내다 보면, 너나없이 떠돌이 신세를 면할 길이 없을 듯하다. 그 자랑스러운 아파트의 조경이 그저 남들 보기 부럽기만 한 그림의 떡이라면 딱한 일이다. 아무리 좋은 집에 오래 살더라도, 언젠가 지금 사는 곳이 그리울 법한 풍경 한 컷이 가슴에 남겨지지 않는다면 그처럼 쓸쓸한 게 또 없겠다. 혹시 제 집을 소개하면서 이런 말 한마디 나오길 기대한다면 내가 너무 철이 없는 탓일까? "정동향이라 아침 햇살이 그만이고요, 길 건너 교회 첨탑 위로 떠오르는 보름달이 볼만하지요." 그러나 아침에는 알람소리에 겨우겨우 일어나고 오늘 저녁 뜨는 달이 어떤 모양인지 관심조차 없다면 가랑비에 등꽃 지는 풍경은 멀고도 먼 별나라 일이다.

스승, 벗, 손님

훌륭한 삶이 어떠한 것인지 여전히 모를 일이다. 성현이나 위인을 따라하면 될 것도 같지만, 역량과 기질이 다르고 시대가 다른 바에야 언감생심이다. 다 떠나서 그런 분들은 지금 여기에 있지 않은 까닭에 구체적인 순간마다 삶의 지침이 되기에는 조금 부족한 면이 있다. 자칫하면 제대로 배워보기도 전에 그런 훌륭한 분을 따라 살지 못하는 삶에 자책이나 하다 세월이 다 갈 수도 있다.

그래서 바로 지금 우리 곁에 있는 좋은 스승과 좋은 벗을 찾아 교류하는 게 가장 현실적인 타개책일 수 있겠는데 그 또한 여의치 않다. 조금 마음에 드는 사람들이 생겼다싶어도 이러저런 일로 멀어지거나 등지는 일이 잦다. 한곳에 오래 함께 머물며 같은 일을 하며 같은 방식으로 생활하는 사람들이 줄어든 까닭이다. 그래서 세상에 사귈 만한 사람이 없다는 느낌이 들기 시작하면 사람 대신 다른 것들을 찾는 예가 허다하다. 가령 대나무를 심어두고 꼿꼿한 기개를 배우려 하거나, 개를 기르며 그 충직함에 감동하는 것이 그런 예이다. 윤선도(尹善

道)는 〈오우가(五友歌)〉를 지어 물, 바위, 소나무, 대나무, 달을 '다섯 친구'로 삼겠노라고 선언했다. 깨끗하고도 그치지 않는 물과, 변치 않는 바위, 눈서리 모르고 뿌리 곧은 소나무와, 욕심 없이 사철 푸른 대나무, 말 없는 달을 좋아한다 했던 것이다.

이는 뒤집어 보면, 사람들은 그와 달리 그치고, 변하며, 곧지 못하고, 욕심이 차있고, 말이 많다는 뜻이다. 그런 사람들과 잘 지내기 어려우니 자연에 숨어 그렇지 않은 것들과 오래도록 잘 지내보겠다는 심산인데, 정말 그러한지 묻는다면 영 다른 결론에 이를 수도 있다. 가령, 쉼 없이 무언가를 하는 것은 좋은 일이지만 사람이 시공에 구속받지 않고 변함없이 살아갈 재주는 없는 법이며, 무조건 곧기만 한 사람과 잘 지내기도 어렵고, 말 없는 사람과 재미있게 지내기도 쉽지 않다.

강희안은 꽃을 기르면서 그 해답을 찾았다. "기이하고 고아한 것을 취하여 스승으로 삼고, 맑고 깨끗한 것은 벗을 삼고, 번화한 것은 손님을 삼았다."(『양화소록(養花小錄)』)고 했다. 여기에 따르자면, 스승의 속성을 가진 것은 스승으로 대하고, 벗의 속성을 가진 것은 벗으로 대하고, 손님의 속성을 가진 것은 손님으로 대하면 그뿐이다. 벗은 되겠지만 스승이 못 된다며 한탄하거나, 스승이 벗처럼 살갑지 않다고 불만을 갖거나, 손님으로 와서 즐겁게 해주는 사람에게 시간이나 빼앗는다고 타박한다면 세상에 남아날 사람이 없다.

무엇보다 나 또한 남들에게 그리 취급된다면 내가 아무리 사귀려 들어도 저쪽에서 벌써 저만큼 달아날 터, 주변 사람들부터 찬찬히 살펴보는 게 바른 순서이겠다. 살면서 겪는 어려운 일 가운데 하나는 오랜만에 만난 사람이 내가 많이 변했다며 타박하는 경우이다. 1,2년 만에 만나서 그랬다면 혹 이해하겠지만 10년도 넘게 안 만나다 한번 보고는 예전의 내가 아니라며 실망하는 표정을 지을 때 난감하다. 세월이 간 만큼 사람 또한 변하는 법이어서, 예전에는 벗으로 삼으면 좋았을 사람이 지금은 스승처럼 변해있기도 하고, 손님처럼 대하면 좋았을 사람이 친근한 벗으로 삼기 좋은 경우도 있다.

이 사람은 이래서 안 되고 저 사람은 저래서 싫다고 내치기 시작하면 세상에 곁에 둘 사람이 몇 안 된다. 이 사람은 이 점을 취해 이렇게 대하고 저 사람은 저 점을 취해 저렇게 대할 때 주변이 풍성해진다. 물론 대나무만 곁에 두겠다고 나서서 사방을 대밭으로 만들 수야 있겠지만, 대나무가 잘 되는 곳은 어차피 따로 있는 법이니 그마저 쉽지 않다. 대나무는 대나무대로, 소나무는 소나무대로, 물은 물대로, 바위는 바위대로, 스승은 스승대로, 벗은 벗대로, 손님은 손님대로 주변이 풍요로이 들어차기를 소망해본다.

'미인 출신' 예찬

사람에 대해 말하기가 조심스럽다. 그나마 능력이나 성격은 혹 모르겠지만, 외모에 대해서는 더더욱 그렇다. 이른바 '정치적 올바름(political correctness)'을 떠나, 선뜻 말을 꺼내기가 불편해진 것이다. 어찌 되었든 만나는 얼굴마다 주름이 올라앉고 그늘도 적잖이 내려앉았다. 여러 이유로 대칭이 깨지면서 일그러진 모습을 보이기도 한다. 그러나 비탄에 빠진다고 뾰족한 수가 나오는 것도 아니며, 거울 앞에서 입꼬리가 절로 올라가는 청춘이라고 언제까지나 그럴 것도 아니다.

조선의 건국에 앞장섰던 정도전(鄭道傳)은 오래된 매화를 보며 이렇게 읊었다.

오랜만에 겨우 한 번 만나서 보니	久別一相見
볼품없이 검은 옷만 입고 있구려!	楚楚着緇衣
풍미만은 남은 것을 알면 됐으니	但知風味在
옛날 얼굴 아닌 것은 묻지를 말게	莫問容顔非

(〈매화를 읊노라(詠梅)〉, 송준호 역)

지금 시인의 눈앞에는 아주 오래된 고목이 하나 있다. 그것도 시커먼 등걸만 남은 험한 모양새로 초라하게 서있다. '오랜만'을 강조할 만큼 작가에게는 꽤나 친숙한 나무였나보다. 자주 찾지는 못했어도 늘 생각하고, 그래서 그곳에만 가면 꼭 다시 찾아보고 싶었던 그런 나무였던 것 같다. 그런데 둘째 구에서 '볼품없이', '검은 옷을 입고' 있다고 함으로 해서 그런 기대가 한 순간에 무너지고 만다. 봄이 되면 활짝 피어서 온 세상을 밝게 비쳐줄 것만 같던 그 매화가 지금은 그저 거무튀튀한 차림으로 내 앞에 서 있을 뿐이기 때문이다. 그러나 그리 안쓰러워할 것이 없다. 겉보기에는 묵은 등걸로만 남은 듯하지만, 옛 '풍미'만은 여전하다고 강조하고 있으니 말이다.

정말 그런 것 같다. 늙은 것이 문제가 아니라 늙도록 저만의 고상한 멋을 갖지 못한 것이 문제일 뿐이다. 조금 나이든 배우들을 살펴보면 이런 사실이 분명히 드러난다. 젊어서는 너나없이 미모로 손가락에 꼽히던 사람인데 나이 들어서는 영 기품이 없어져버린 경우도 있고, 그와는 반대로 젊어서는 겨우 조연이나 하는 배우로 여겼는데 어느새 주연을 도맡을 만큼 기품을 쌓은 경우도 있다. 스무 살 때를 생각하면 실망스러운 쉰 살을 지나는 사람이 있는가 하면, 스무 살 때는 상상도 못할 절정의 쉰 살을 보내는 이도 있는 것이다.

그림을 공부하느라 한동안 인물화를 배우러 다녔는데 그때 지도해주신 화가 선생님께서 하신 말씀이 있다. "우리가 미남·미녀는 아니지만 다들 미남·미녀 출신이지요.” 그때는 그냥 깔깔 웃고 넘어갔는데, 주변사람들의 얼굴을 그리며 보니 저마다의 주름 사이로, 곱게 드리운 그늘 아래 여전히 사그라지지 않는 풍미가 남아있다. 하긴 또 그런 사람이 아니었더라면 그렇게 애써서 그리려 했을 리가 만무하다.

볼품없는 검은 옷에 속아서도, 변해버린 겉모습에 실망해서도 안 된다. 누군가가 누군가를 그리워하기만 한다면, 그래서 또, 어떤 이가 어떤 다른 이를 그리려 드는 기적이 있다면, 옛날 얼굴 아닌 것을 물을 필요가 없다. “자네의 풍미는 그대로일세!” 그래서 멋지게 한 장 그려주겠다는 이까지 있다면 금상첨화요, 그렇게 나온 그림이 대학졸업 사진보다 멋스럽다면 점입가경!

그리움의 그리움

한자 '莫(막)'은 '없다'는 뜻이다. 그래서 해[日]가 없으면 저물녘[暮]이 되고, 물[氵]이 없으면 사막[漠]이 되며, 아무것도 없는 집[宀]은 적막[寞]이 된다. 그리워한다는 뜻의 '慕(모)'자 역시 지금 곁에 없는 누군가를 그리워하는 마음[心]이 분명한데, 조선조 명신 김상용은 다음과 같은 시조를 남겼다.

사랑이 거짓말이 님 날 사랑 거짓말이
꿈에 와 뵈단 말이 그 더욱 거짓말이
나같이 잠 아니 오면 어느 꿈에 뵈리오

임이 나를 사랑한다 하지만 그 말을 믿을 수 없다고 한다. 더구나 사랑하면 꿈에 나타나 보인다는 말은 더 믿을 수 없는 거짓인데, 그 이유는 도통 잠을 잘 수가 없으니 꿈에서 볼 일조차 없는 까닭이다. 실제로 볼 수 없는 것은 물론이고, 꿈에서나마 볼 수 있는 길조차 막힌, 현실에서든 상상에서든 절대로 만날 수 없는 그런 임이다. 병자호란 때 순절(殉節)한 작가의 개인사를 헤아려 임금을 그리워하는 노래로도 푸는 모양이지만, 어떻게 보든 빼어난 연시(戀詩)임에 틀림없다.

그러나 이런 시를 이해하기에는 현대사회는 너무도 촘촘하고, 편리하고, 신속하게 연결되어 있다. 10년 전 오늘 무엇을 했는지는 지금 당장 자신의 폰을 여는 수고만으로도 충분히 알 수 있다. 그날 찍은 사진이 시간과 장소까지 정확하게 남아 있으며, 그날 누군가와 주고받은 문자메시지도 그대로 보존되어 있다. 또 마음만 먹는다면 지금 당장이라도 지구 반대편에 있는 연인과 실시간 메시지 전송은 물론 현재 모습을 화상으로 보며 음성으로 대화를 해볼 수도 있다. 버튼 하나 누르는 수고로 단번에 알 수 있으니 꿈에서라도 보려고 애쓰던 그리움의 강도가 매우 약해진 것이다. 아니, 그리워하는 것 말고도 할 것이 너무 많은 현대 문명사회의 밤은 그런 그리움의 원천을 아예 빼앗아간 것인지도 모르겠다.

학생들에게 시 수업을 할 때의 일이다. 어떤 학생이 수업은 안 듣고 자꾸 제 폰을 만지고 있는 것 같아 주의를 주었더니 그 학생 대답이 걸작이었다. "하도 감동스러워서 친구한테 보내느라고요." 그날 다룬 시가 모두 사랑시였으니 아마도 여자친구에게 보낸 듯했다. 그러나 감동이 밀려오면 잠시 거기에 빠져들어 보기도 하고, 친구에게 보내고싶으면 수업 끝나기를 기다릴 정도의 여유를 가질 수도 있으련만, 즉각 무언가를 전해야만 직성이 풀리는 세태가 야속하다.

하긴 상대에게 짧은 문자 메시지 하나를 달랑 보내놓고는 이내 답이 없다고 "비(非)매너"를 운운하는 세태에서, 그저 어떻게든 말이나마 전해볼 수만 있다면 좋겠다거나 편지를 보내놓고 답장이 오기를 기다리는 열흘 남짓은 행복하다는 마음은 시대착오적 유산일지도 모르겠다. 그러나 시대가 아무리 변해도 정말 소중한 것이라면 그렇게 즉답이 가능한 곳에 있지 않을 터, 잠 못 이룰 정도의 그리움이 그립다. 어느새 우리 곁에서 사라져서 그렇게 그립다. 잠 오지 않는 밤의 꿀 수 없는 꿈이 그립다.

꿈을 보듬는 일

'꿈'이라는 말에는 이중성이 있다. 실제가 아니니 허무맹랑한 거짓이라 치부하기도 하고, 당장 될 수는 없어도 꼭 실현시키고 싶은 이상으로 여기기도 한다. 거짓과 진실로 판이하게 갈리는 것이다. 그래서 "꿈을 가져라!"로 북돋기도 하고, "헛꿈 꾸지 마!"로 억누르기도 한다.

이순신 장군이 쓴 『난중일기』에는 유난히 꿈에 대한 기록이 많이 나온다. 대충 헤아려 보아도 근 40회 정도가 되는데 꿈의 내용도 가지각색이다. 영의정과 국사를 논하며 임금이 피난 가는 일을 이야기하다 눈물을 뿌린 것 같은 국가적인 어려움을 적어둔 기록도 있지만, 개인 신변과 관련되는 일이 더 많다. 흔히 꿈자리가 뒤숭숭하다는 표현에 어울릴 법한 사연들인데, 전란 중의 일기이니 십분 이해된다. 그럼에도 불구하고 불패의 명장이라는 이미지와는 다르게 섬세하고 내밀한 내용들이 펼쳐지기도 한다. 물론 안 써서 그렇지 꿈 이야기를 쓰기로 말하자면 보통 사람들도 그 이상을 충분히 쓸 수 있을 텐데, 문제는 꿈의 내용보다 꿈의 풀이와 대처이다.

가령, 아들을 얻는 꿈을 꾸고는 이내 붙잡혀간 사람들을 얻을 징조로 풀이한다. 예나 지금이나 득남하는 꿈이 길몽일 것은 당연한 일인데, 그걸 두고 개인 문제로 풀지 않고 포로로 잡혀간 사람들을 생각하는 게 예사롭지 않다. 백성을 자식처럼 여겼다는 속내가 읽히고 보면, 군을 책임진 사람으로서 백성을 지켜내지 못한 죄책감이 그만큼 컸다는 뜻이겠다. 또, 꿈에 적의 모습을 보고는 새벽에 바깥 바다에 진을 치게 명령한다. 적의 침입이 꿈에 나타날 정도라면 방비에 미흡한 구석이 마음에 걸리는 것이었겠고, 늦기 전에 그 대비책을 마련한 것이다. 꿈이 어수선해서 마음이 편치 못한 어느 날은 종을 보내 어머니 소식을 알아오게 시켰다. 가장 마음에 쓰였던 일을 찾아내 해결했던 것이다.

위기를 타개하는 능력도 중요하지만, 작은 조짐을 통해 위험을 미리 대비하는 능력은 더욱 중요하다. 꿈에 드러나는 조짐까지 세세히 살피려 하는 사람이라면 사람들이 실제로 하는 조언이나 보고 또한 무겁게 받아들였겠고 그런 점들이 큰 승리를 견인하는 힘이 되었을 터이다. 한편, 도무지 해석할 수 없는 꿈에 대해서도 적어두었는데, 사나운 호랑이를 때려잡아서 껍질을 벗겨 휘두르는 꿈 같은 게 그런 경우다. 나 같은 서생은 천만년을 살더라도 그런 호기로운 꿈은 꿀 것 같지 않으니 과연 장수는 장수다.

이순신 장군이 꾼 그런 상반된 두 꿈은 꿈의 본령이면서, 어려운 현실을 타개하는 저력이 아닌가 한다. 어려운 상황에 처하면 일단 세세한 근심걱정 속에 조심조심하며 대비해야 한다. 그러나 닥치지 않은 불행을 막느라 온 힘을 소비한다면 큰 곤경에 빠질 위험은 줄어들겠지만 새로운 큰 일을 해내는 데는 에너지가 부족하게 된다. 이럴 때 현실에서는 상대할 수 없는 사나운 호랑이를 때려잡는 꿈, 곧 현실에서 기대하기 어려운 엄청난 힘의 원천이 덧보태진다면 앞서 대비한 노력이 백배 천배로 힘을 발하게 된다.

숨쉬기와 꿈꾸기, 실제현실과 꿈속 세상, 이 꿈과 저 꿈이 하나로 휘돌아 흐를 때, 그때 비로소 이를 수 없을 것만 같던 먼 곳이 우리의 눈앞에 좀 더 가까이 있게 된다. 꿈을 꾸는 사람은 많지만 꿈을 풀이하려 애쓰는 사람은 드물고, 꿈을 풀이하는 사람은 많아도 거기에 적극적으로 대처하려 드는 사람은 드물다. 꿈의 풀이가 '오늘의 운세' 같은 심심풀이 점치기에 그치지 않으려면, 꿈이 그저 꿈속 세상에서의 기이한 일에 그치지 않으려면 꿈을 만들어낸 현실을 냉철하게 살피는 지혜가 필요하다.

마음 따라 몸 따라

해가 바뀌고 한 살 더 먹는다.

무언가를 먹는 게 다 그렇듯이 바깥 것이 줄어 안의 것이 늘어간다면 장사로 치면 남는 장사가 분명하다. 그러나 나이 먹는다고 좋아하던 때는 어릴 적 잠깐을 지나고서는 큰 기억이 없다. 이런 심정은 예나 지금이나 매한가지인 모양이어서, 서경덕(徐敬德)의 다음 시조는 가히 촌철살인이다.

> 마음아 너는 어이 매양에 젊었느냐
> 내 늙을 적이면 넨들 아니 늙을쏘냐
> 아마도 너 좇아다니다가 남 우일까 하노라

작가의 불만은 몸을 따라오지 않고 버티고 서있는 마음에 있다. 몸이 적잖이 늙었으니 마음도 그래야하는데, 마음은 한사코 청춘인 척 버티고 서있기 때문이다. 어느 선배가 사람이 나이가 들면 물건을 떨어뜨리는 일이 많아지는 데 대해 꽤 진지하게 설명한 일이 있다. 가령 늘 마시던 컵에 물을 담아 손으로 쥐는데, 본인은 전에 쥐던 힘 그대로 쥔다고 생각하지만 사실은 힘이 떨어져서 그만 놓치게 된다는 것이다. 늘 하던 대로 하는데 사실은 제 마음 속으로 '했던 대로'일 뿐, 실제 몸으로 드러나는 것은 원래 하던 그대로가 될 수 없다는 데 비애가 숨어 있다.

가령 본래 하던 습관대로 하룻밤 일거리로 밀어붙여둔 것이 하룻밤은커녕 한 주를 다 보내도 버거운 일이 다반사다. 그러니 "왕년에 내가~"를 들먹이며 나섰다가는, 잘 하기는커녕 엇비슷하게도 못하면서 남들의 웃음거리가 되기 십상이다. 나이 들어서 '노욕(老慾)'이나 '노탐(老貪)'이라는 지탄을 받지 않으려면, 일도 줄이고 말도 줄이는 게 상책이다. 이래저래 "입은 닫고 지갑은 열고" 같은 항간의 지침을 따르는 편이 신상에 이로울 듯하다. 그래야 "너는 어찌 안 늙었느냐"는, 현인의 통탄이 이치에 맞을성싶다.

그러나 한편으로는, 몸이 늙었어도 얼마간은 그대로인 마음이 사실은 고맙고 또 고맙다. 몸 핑계대고 늘어지기 시작하면 그나마 굴러가던 몸도 아주 망가지기 쉽기 때문이다. 또, 몸이 망가지면 마음이 황폐해지는 것이야 한순간이고, 도리어 마음이라도 젊게 가져야 남들의 웃음거리가 덜 될 것도 같다. 늙은 몸에 젊은 마음이 가당치도 않은 헛꿈이겠으나, 우리에게 너무도 친숙한 동요 〈새 신〉에 그 비법이

나와 있다. "새 신을 신고 뛰어보자 팔짝 / 머리가 하늘까지 닿겠네." 이 노래는 옛날 명절 풍경과 닿아있다. 설을 며칠 앞두고 신 한 켤레 새로 사서 머리맡에 모셔두었다가 명절날 아침 그걸 신고 마당으로 나설 때의 그 기쁨과 설렘이 담겨있다.

오랫동안 걸어오느라 지치고 뒤틀린 발이라 해도, 내 몸의 일부인 한 바꿔볼 재간은 없다. 발이 못 되면 신발이라도 바꾸어 신고, 온 몸이 하늘로 오르지는 못하더라도 머리가 하늘까지 닿는 그 느낌, 그 마음이라도 놓치지 않으면 좋겠다. 그때 '새 신(新)'의 즐거움이 용솟음쳐 나를 위로하고, 새 기운을 내 무언가를 해서 남들 비웃음 살 걱정 정도는 덜어주면 좋겠다. 마음마저 늙어 아무런 의욕도 생기기 전에, 오래 걸어서 지친 발이거나 오래 신어서 헤진 신발이 효험을 발휘하기를 고대해본다. "예까지 오느라 참 수고가 많았다!" 어루만져주면서.

춘향이 껍데기

대학원 석사과정 시절, 판소리를 들으러 자주 다녔다. 학위 논문 주제가 판소리였기 때문이었는데, 공부 때문이라고는 해도 퍽 재미있는 일이었다. 소극장에 들어가 공연을 들으며 소형 카세트녹음기로 녹음하고, 집에 와서는 다시 들어가며 필요한 부분은 정성스레 옮겨놓곤 했다. 그 덕에 당시 많은 명창들을 접했지만, 소리로는 몰라도 재담으로는 단연 박동진 명창이 압권이었다.

판소리는 여느 소설과 달라서 사람이 등장할 때는 으레 장황한 편이다. 월매가 등장하는 대목 같으면 "춘향이 모친이 나온다. 춘향이 어머니 나온다."처럼 늘어놓는 식이다. 그러나 명불허전(名不虛傳) 박동진 명창은 급이 달랐다.

춘향 모친이 나온다,

춘향 어무가 나와.

춘향 자당이 나온다.

춘향 어매가 나온다.

어사또 장모가 나오는듸

어사또 빙모가 나온다.

늙은 할망구가 나온다.

엎어치나 매치나 그 말이 그 말인데 그렇게 자꾸 자꾸 나오다 보니 객석에서 웃음이 나오기 시작했다.

그러나 펀치 라인은 따로 있었다. 바로 맨 마지막 구절, “춘향이 껍데기 나온다!”였다. 순간 객석에서 웃음이 터졌다. 긴 말이 필요 없고, 월매가 낳은 사람이 춘향이니, 춘향이가 알맹이고 월매가 껍데기라는 뜻이다. 대개의 부모자식 관계가 얼추 그럴 테지만, 월매처럼 자식을 자기보다 더 낫게 키워보겠다고 기를 쓴 경우라면 더더욱 그럴 것이다. 명기(名妓) 소리를 듣던 천하의 월매이지만 제 딸만큼은 기생 신분의 굴레를 벗겨주고 싶었다. 그러느라 제 알맹이를 모두 쏙 빼서 춘향에게 넘겨주었으니 자신은 껍데기일 뿐이다.

부모의 은혜는 하늘같으니 효도하라는 말은 진부하다. 그게 먹힐 만한 시절은 진즉에 지난 듯하고, 이제 모두들 제 한 몸 건사하기도 바빠 보인다. 그러나 꼭 부모자식간이 아니더라도 세대와 세대의 사이는 그렇게 껍데기와 알맹이의 손바꿈으로 맺어지는 것 같다. 누구든 태어나서 얼마간은 알맹이로 지내면서 한껏 으스대지만, 시간이

가면 또 다른 누군가에게 그 알맹이를 내어주고는 껍데기로 물러나고 사라져가는 법이다. 그 정한 이치를 외면하고 다른 사람은 몰라도 자신만은 태어나서 죽을 때까지 알맹이만 하겠다고 발버둥 친다면, 아마 온 세상이 껍데기 지옥일 것 같다.

알맹이를 알맹이로 만든 것이 껍데기인 것처럼, 껍데기를 그저 쓸모 다한 껍데기로 여기지 않게 하는 것은 알맹이다. 그래서 자신의 삶이 알맹이라고 자부하는 이라면 껍데기의 소중함을 알아야 하고, 어느덧 껍데기가 된 자신이 서글퍼질 때면 자신이 만들어낸 알맹이들에 자긍심을 느껴야 한다. 이쯤 생각하다 보면 건전한 가정, 건전한 사회를 위해 건전 캠페인이라도 한 판 벌여야겠다. "세상의 모든 껍데기들께 경건하게 고마움을 표합시다. 퇴기 월매도 한때는 천하절색 명기였음을 기억해줍시다!"

2.

지금 여기에서

산 서생과 죽은 정승

'나중에'의 으름장

운명과 의지 사이

지렁이의 눈

주술의 손아귀에서 벗어나려면

고양이 덕분

죄인의 횃불

금강산과 북한산

여기 살면 여기대로

다홍치마에서 개살구로

산 서생과 죽은 정승

옛날, 만년 서생으로 살던 이가 있었다. 늙도록 벼슬을 못하여 불평으로 세월을 보내다 보니 어떤 이가 와서 말했다. "당신 같은 재량과 기예를 가지고도 늙도록 뜻을 못 이루었으니 차라리 죽고싶단 생각이 왜 없겠소?" 그러자 서생은 발끈 성을 냈다. "이게 무슨 말이오? 만일 지금 여기 어떤 사람이 죽은 정승을 싣고 와서 살아있는 나를 사려 한다 칩시다. 그러면 내가 허락할 것 같소? 이게 무슨 말이오? 내가 왜 죽을 생각을 한단 말이오?"

'골계'를 표제로 단 『태평한화골계전(太平閑話滑稽傳)』에 있는 이야기고 보면 우스개가 분명하다. 그저 한 바탕 웃어젖히면 그만일 듯싶지만 가만 생각하면 속 깊은 의미가 있다. 정승과 서생은 하늘과 땅 차이다. 역적이 되어 임금이 될 생각이 없는 바에야, 정승이야말로 서생으로서 평생 다다를 수 있는 최고치이기 때문이다. 그러나 그런 정승도 죽었다면 이미 이승에서의 삶이 끝이다. 영 돌아올 수 없는 길을 가버린 것이다. "개똥밭에 굴러도 이승이 낫다."는 속언은 그래서 나왔을 터이다. 이승의 끝이 저승의 시작이라면, 이승의 끝자락인들 지금 살아있는 데 감지덕지할 일이라는 긍정적인 자세가 배어있다.

그런데 이런 비교를 꼭 '삶과 죽음' 같은 극단적인 데서만 찾을 필요가 없다. 언젠가 다른 대학의 젊은 교수 한 사람이 내게 하소연한 일이 있다. 같은 과 원로교수가 얼마나 고약하게 구는지 견디기 어렵다는 것이다. 교수생활을 조금 해 본 이라면 무슨 일인지 듣지 않아도 충분히 알 일이었다. 나는 일단 그 마음을 다친 교수가 더 마음 상하지 않게 다독인 후 한마디 하지 않을 수 없었다. "지금 당장은 그 교수가 대단한 힘을 가진 것 같겠지만, 그 교수 입장에서라면 모르긴 해도 한창때인 교수님을 제일 부러워할 걸요, 아마." 다행히 그 젊은 교수는 말뜻을 헤아리고 이내 얼굴에서 어두운 빛을 거둬들였다.

그러나 아무리 좋은 말로 타일러주어도 자신이 갖고 있는 것이 얼마나 귀한지 알기는 쉽지 않다. 안타까운 일이지만, 아주 지혜로운 사람이 아니라면 십중팔구 그 소중한 것을 잃어버리고서야 알게 된다. 가령 정년퇴직하면 그 동안 쌓아둔 책을 보다 등산으로 소일하겠다고 다짐하던 사람이 막상 퇴직하고서는 그러지 못한다. 눈이 나빠지고 다리 힘이 빠졌기 때문이다. 책을 보고 등산하는 일이 오로지 자신의 의지만으로 되던 때가 이미 지나버린 것인데, 그때가 되어서야 그것이 대단히 소중했음을, 더 정확히는 그 시절이 소중했음을 알게 된다. 그러나 얼마 안 있어 등산이나 독서가 못되는 간단한 소일이라도 하며 지내는 일상이 얼마나 소중한지를 알게 될 테니 공연히 가슴이 먹먹해진다.

더구나 무한 정보의 홍수 속에서, 내 것보다 낫다싶은 남의 것을 넘보느라 정작 귀중한 내 것을 놓치고 사는 일이 많아진 듯하다. '서생'에 방점을 찍을지 '살아있음'에 방점을 찍을지는 각자가 정할 일이지만, 건강하게 살아있는 동안 즐길 일이 훨씬 더 많은 점만은 부인할 수 없다. 즐길 일만 그런 게 아니라, 감사할 일도, 반성할 일도, 심지어는 폼 나게 복수할 일도 똑같다. 과거에 급제할 만한 재주가 없거나 재주가 있어도 세상이 몰라주는 현실은 분명 불행이요, 불운이다. 그러나 그 어느 것과도 바꿀 수 없는 자신의 가치가 있음을 알아채는 순간, 행운이 벌써 알고 제 몸에 바싹 다가붙는지도 모르겠다.

어차피 과거 시험에 붙는 일은 몇몇 사람에게만 주어진 축복이자 특권이다. 모든 이들이 천재가 되어 사서삼경을 다 외운다 한들 필요한 벼슬아치는 한정되어 있기 때문이다. 그러나 건강한 몸과 마음으로 책을 읽고 사색하는 일은 욕심만 버리면 누구나 할 수 있다. 그리고 그 일이 정말 그렇게 의미 있는 일이라고 한다면, 놀랍게도 과거에 급제한 사람보다 그냥 서생으로 지내는 사람에게 그 기회가 훨씬 더 많이 찾아오는 법이다. 공연히 닿지 못할 정승 부러워하느라 산 서생의 즐거움을 포기할 까닭이 없다. 그러니 가끔씩은 큰소리를 한번 쳐도 좋겠다. "어허 왜 이래? 나 산 서생이야!"

'나중에'의 으름장

"남자는 시간의 예술이다." 그런 말을 떠벌리고 다니던 때가 있었다. 남자들의 흔한 허풍은 거의 다 시간에서 나오는 것 같다. 백수 청년이 20년 뒤면 재벌이 될 거라며 큰소리칠 수 있는 것은 앞날이 창창하기 때문이다. 그러나 세월과 더불어, 지금은 미약하나 나중에는 창대하리라는 주문의 효력이 줄어들게 마련이다. 스무 살 청춘이 40년을 건다면, 쉰 살 중년은 고작 1~20년의 여유밖에 없기 때문이다. 그것이 바로 중년의 허풍이 힘을 못 쓰는 이유이다.

그런데 이렇게 오랜 시간을 볼모로 잡아 세운 계획들이 '예술'이 아니라 '허풍'에 그치고 마는 데는 다 그만한 이유가 있다. 가령 재벌은 온 나라에서 손에 꼽는 부자인데 모래알처럼 많은 사람들이 덤벼드니 다 될 리가 없고, 세계를 호령하는 톱스타는 10년에 한 번 나올까말까 한데 연예인 지망생은 매년 수십만 명을 넘으니 다 그리 될 수는 없다. 쏟아놓은 허풍에 민망해지는 게 당연한데, 이 때문에 다시금 생각하게 된다. 그렇게 아무나 되기 어려운 데 목을 매느니 차라리 누구나 다 가질 만한 것을 찾아 나선다면 허풍은 면할 만하다. 세상을 호령하는 일류 예술은 못되더라도 얼추 예술에 가깝지 않을까 한다.

주변을 둘러보면 금세 과로사를 해도 이상하지 않을 만큼 애를 쓰는 이들이 많다. 이유를 물어보면 그 대답이 한결같다. 그렇게라도 해야 노후를 조금 더 편하게 보낼 수 있단다. 그러나 그들이 가진 것을 보면 보통사람의 평균치 정도가 아니라 두세 배는 족히 넘을 듯하니 신기하다. 그만하면 되지 않겠는가 물어볼 틈도 없이 스스로 손사래를 치며 아직 어림없다며 전의를 불태운다. 보기에 따라서는 많이 가질수록 더 과로한다 해도 과언이 아닌데, 불현듯 홍만종(洪萬鍾)의 읊조림이 생각난다. "살면서 넉넉하길 기다리지만 어느 때나 넉넉해질까. 늙기 전에 한가함을 얻어야 그게 진짜 한가함이네."(『순오지(旬五志)』)

기운을 소진한 후 남는 한가함이라면 한가함이 아니다. 그런 것이라면 아마도 번아웃 상태에서의 반죽음에 불과할 텐데 나중에 넉넉하길 바라느라 오늘은 그저 긁어모으는 데만 기운을 쏟는다면 딱한 일이다. 노후의 불행을 막는다는 미명하에, 튼튼한 다리와 멀쩡한 두 눈을 일터에만 묶어둘 이유는 없다. 머리를 들어 하늘의 달을 보며, 오래 전 사두었던 책을 읽는 정도의 일이라면 지금 당장, 오늘 저녁에 하는 게 맞다. 물론, 당장 할 수 있는 즐거움을 억누르며 나중을 도모할 때는 나중에 올 즐거움이 지금의 그 즐거움보다 훨씬 더 클 때이겠는데, 문제는 언제나 나중으로 유보하는 습성이다.

백번 양보하여, 지금처럼 극심한 무한경쟁 사회에서 남들과의 경쟁만이 문제라면 그런 습성을 크게 탓할 게 없다. 지금 잘못 밀려나갔다가는 영영 선두 대열에 설 수 없을 테니 일단 그 대열에서 이탈하지 말아야겠다는 강박이 일기 때문이다. 그러나 선두 대열이 아니라 그 대열에서도 우두머리에 선 사람조차도 그런 여유가 없어 보인다. 최고의 경쟁상대가 타인이 아니라 과거의 자신이 되는 순간, 자신이 이룬 성과와 실적을 넘어서기 위해 안간힘을 쓰기 일쑤이다. 이렇게 되면 "이만하면 됐다."를 모른 채, 끝없는 질주 속에 자신을 내던지게 된다.

그래서 어쩌면 정말 무서운 건 노후에 대한 불안이 아니라, '나중에'의 으름장인지도 모르겠다. 이 녀석은 어찌나 민첩하고 집요한지 아무리 바짝 쫓아도 좀처럼 붙잡히질 않고 또 저만치 가서는 또 겁을 준다. 진심으로 원하는 것이 돈이나 지위가 아니라 한가함이라면, 오늘 저녁만이라도 아무 생각 없이 한번 한가해보는 게 어떨까싶다. 재벌이나 톱스타도 부러워할 그런 한가함 말이다.

운명과 의지 사이

해가 바뀌어 새해가 밝아오면, 좋은 일만 일어나기를 바라는 마음이 그득하다. 그러나 그런 마음이 누구에게나 다 일어나는 것 같지는 않다. 몇 해 전, 선배교수와 새해 첫 인사를 나누며 새해 포부에 대해 여쭌 있다. 그러자 그분은 준비라도 한 듯이 즉답을 했다. "그런 거 안 가진 지 오래 되었습니다." 하긴 될 것이라면 꼭 되고 안 될 것이라면 죽었다 깨도 안 된다고 생각한다면 새해라고 특별한 포부를 가질 필요가 없을 것이다.

이런 문제는 예나 지금이나 고민거리였는데, 고려 후기의 문인 이규보는 〈천인상승설(天人相勝說)〉이라는 작품을 통해 여기에 대해 정면으로 논파했다. 논의의 발단은 "사람이 많으면 하늘을 이겨내고, 하늘이 정하면 또한 사람이 이길 수 있다."는 어떤 이의 말이었다. 이규보는 동료의 참소를 받아서 9년이나 벼슬을 하지 못했는데, 그 사람이 죽자 즉각 한림원의 보직을 받아 여러 요직을 거쳐 고위직에 올랐다. 이는 명백히 사람이 하늘을 이긴 사례이다. 특정인이 관직운을 좌지

우지했기 때문이다. 그러나 중국 주나라의 강태공 같은 사례는 참소하는 훼방꾼 없이도 80에서야 벼슬을 했으니 이는 하늘이 그리 정한 것일 뿐 인간의 의지가 개입될 여지가 없다는 반론이 만만치 않다.

이규보는 그에 대해 즉각 반박했다. 자신의 운명으로 본다면 그때도 그리 나쁘지 않았는데 다만 흉악한 사람이 나쁜 틈을 타서 변고를 꾸민 탓이라는 것이다. 그러자 그렇게 나쁜 틈을 타서 일이 그르쳐졌다면 그것이 바로 운명이 아니겠냐는 반박이 들어왔다. 그에 대해 이규보는 다시 이렇게 깔끔하게 정리했다. "내가 그때에 만일 조금만 참아서 그 사람하고 그렇게 사이가 나쁘지만 않았더라면 반드시 이런 일은 없었을 터이니, 실은 내가 자초한 셈이지요. 어찌 운명과 관계있겠소이까?"

운명과 의지를 38선처럼 분명히 그으려 해서는 얻을 게 별로 없다. 물론 운명적이라 느껴질 만큼 개인의 힘으로 어찌해볼 수 있는 거대한 일도 있고, 의지만 있다면 작은 노력만으로 성패가 갈릴 자잘한 일도 있을 터이다. 그러나 그보다 더 많은 경우가 적당한 시기에 적당한 힘만 쓴다면 뒤바뀔 일들이다. 문제는 그때를 놓치면 운명처럼 어쩌질 못하게 된다는 것이며, 자신이 자초한 운명인 줄도 모른 채 하늘만 탓할 수도 있다는 점이다.

대학 시절 어느 시집을 읽다가 "고쳐 살 수 없는 나이"라는 대목을 보고 움찔했던 기억이 있다. 그때 내 나이 겨우 스물 어름이었는데,

어쩌면 곧 그렇게 무언가를 고쳐서 새롭게 해볼 엄두를 낼 수 없는 때가 올 것이라는 비감한 예감 때문이었다. 그러나 살아보니 그렇게 두부 자르듯 어느 시점에서부터 고쳐 살 수 없는 나이라는 것은 없는 듯하다. 어떤 부분은 물론 스물이 아니라 열 살 어름에 이미 결판 나는 것도 있겠지만, 어떤 부분은 서른이나 마흔에도, 어떤 부분은 예순이나 일흔쯤에도 고쳐 살 수 있을 것 같다. 다만 그 시기를 지나고 나면 그 이전처럼 내 의지대로 할 수는 없고 그저 운명처럼 고착화되는 일이 조금씩 늘어 가는 것 같다.

이 점에서, 이규보의 글 제목에 들어있는 말이 참 좋다. "하늘과 사람이 서로 이긴다." 그저 하늘이 이기기만 한다면 사람이 얼마나 무기력할 것인가. 또 사람이 하늘을 이기기만 한다면 사람은 또 얼마나 기고만장할 것인가. 운명을 바꾸는 의지와, 운명에 바뀌는 의지가, 혹은 의지로 일군 운명과, 운명이 빚어낸 의지가 씨줄과 날줄로 곱게 만들어가는 그림을 꿈꿔본다, 정말 그림 같은 그림!

지렁이의 눈

옛날, 지렁이의 눈은 반짝거렸고, 매미의 띠는 번쩍거렸다. 지렁이는 매미의 띠가 부러워 대체 그걸 누구에게 받았는지 물었다. 그러자 매미는 하느님께 받은 것이라고 했다. 지렁이는 자기가 땅의 신을 보좌하는 관복을 입고 뽐내야 하는데 띠가 없으니 그걸 좀 달라고 했다. 매미는 하느님께 받은 것이라 마음대로 못한다고 했지만, 지렁이는 띠가 부러운 나머지 자신의 눈을 매미에게 주고 띠를 받기로 했다. 결국, 매미는 없던 눈을 얻어서 하늘로 날아갔고, 지렁이는 앞을 못 보게 되어 날마다 멍청해졌다. 지렁이가 띠를 차고 조회에 나갔더니, 임금은 그를 천하게 여겨 두엄더미 속으로 추방해버렸다.

18세기 문인 이광정(李光庭)이 쓴 〈지렁이[螾]〉의 줄거리이다. 자신에게 귀한 것이 무엇인지 모른 체 남의 것만 탐하다가 망하고 마는 이야기이다. 관복을 제대로 갖추려면 관대(冠帶)가 필요한 것은 당연하다. 그러나 관대는 장식적인 기능이 강할 뿐 실용성이 있는 물건이 아니다. 관복이라 하더라도 한낱 의복일 뿐이어서 몸보다 귀할 까닭이 없다. 더구나 "몸이 천 냥이면 눈이 9백냥"이라는 속담이 있을 만큼 신체의 부분 가운데 가장 귀한 게 눈이고 보면, 지렁이의 어리석음은 말할 게 없다.

그러나 이런 부류의 이야기가 반복된다면 그 안에는 그럴 법한 이유가 있음직하다. 지렁이에게 관복이 있으니 벼슬이 있다는 말이다. 벼슬을 못해 안달 난 게 아니라, 그저 관복을 빛내게 하는 장치가 필요했을 뿐이다. "말 타면 경마 잡히고 싶다."더라고, 남들이 못 타는 말을 타고 다니면, 이왕 부러움을 사는 김에 마부까지 하나 마련하여 '완성'하고싶은 욕망이 넘실댄다. 그러나 완성은 결국 매미의 몫이 되고 말았는데, 하필 매미였던가는 물을 필요가 없다. 매미라면 수년에서 10년 넘게 땅 밑에서 유충으로 지내는 인고의 세월을 보내는 법이니 말이다.

공부하는 판에 있다 보면 만나는 사람들이 다 그만그만하다. 물론 공부의 정도로야 층차가 좀 나는 편이지만 똑같은 봉급쟁이 신세여서 경제적으로는 엇비슷한 수준이다. 그 가운데도 조금 형편이 나은 경우가 더러 있는데, 물려받은 재산 덕에 낫게 사는 어떤 이가 점잖게 일러주었다. 그건 내가 세상의 큰 부자를 못 보았기 때문에 그렇게 여기는 것이라 했다. 상위 1%가 아니라 상위 0.1%, 0.01% 부자들의 세계를 본다면 자신의 부는 그야말로 조족지혈이란다. 그런 이치라면 더 가진 사람의 결핍감이 더 클 수도 있겠고, 지렁이의 고민도 이해가 된다.

그러나 이런 이야기를 하면서 매미를 추켜세우며 굳이 "고생 끝에 낙이 온다."는 식의 식상한 충고를 하자는 게 아니다. 컴컴한 땅 속에서 어둠의 세월을 보낸 매미에게 눈은 절실한 것일 수밖에 없다. 땅 속에서는 보이는 게 적을 테니 볼 일도 없었겠지만, 땅 밖이라면 사정이 영 다르다. 자기를 노리는 적도 피해야 하고 적을 피해가며 날래게 먹이를 구하자면 세상을 훤히 보아야하기 때문이다. 그러나 지렁이는 고작 자신을 치장해줄 장식에 눈이 어두워 밝은 제 눈을 헌납하고 말았고, 그 길로 둘의 길은 영 달라졌다. 한쪽은 밝고 밝고 밝아져서 하늘을 누볐고, 한쪽은 어둡고 어둡고 어두워져서 땅속을 헤맸다.

공교롭게도 이 작품이 실린 책 이름이 『망양록(亡羊錄)』이다. 양을 치는 사람은 양을 잘 기르는 걸 최고로 치지만, 잠깐 한눈을 팔면 '양도 잃고'(亡羊) 길도 잃는 일이 잦다. 이 점에서, 지렁이로서는 안 된 일이나, 세상의 이치를 생각하면 잘 된 일이기도 하다. 긴 몸통에 어울리지 않는 띠를 두르고 폼 잡는 녀석들을 볼 때마다, 수년 동안 밑바닥 생활을 하다 껍질을 벗어두고 하늘로 날아가는 녀석들의 지난한 노고를 되새길 일이다. 노고를 쌓아 날개를 다는 일이 얼마나 황홀한지, 저 미물들의 세상이 얼마나 공평한지 감탄스럽다.

주술의 손아귀에서 벗어나려면

때 아닌 주술 논쟁이 유행처럼 훑고 갔다. 사이비 종교가 전염병 전파의 온상이라느니, 이상한 도인을 따르는 정치인이 문제라느니 하면서 온전한 종교가 못 되는 주술이 문제라는 식으로 논의가 일었다. 이 4차 산업혁명 시기에 웬 시대착오인가싶지만, 본디 과학과 주술, 혹은 종교와 주술이 그리 명확한 경계를 이루는 것은 아니었다. 지난날의 과학이 한갓 주술로 드러나기도 하고, 주술로 받아들였던 것 안에서 과학적인 이치가 숨어있기도 한 법이다. 과학이 고도로 발달한다면 이 21세기의 과학 역시 그렇게 되지 말란 법이 없으며, 지금은 한갓 주술로 여겨지는 것 속에 숨은 과학적 이치가 발견될지도 모른다.

종교와 주술 또한 마찬가지다. 세상을 관통하는 섭리를 체득하여 주어진 복을 받겠다면 큰 바위 앞에서 비는 행위조차 종교에 가깝겠지만, 세상 섭리나 신의 뜻과는 반대로 살아가면서 제 복만 내려달라고 빌어댄다면 불상 앞에서든 십자가 앞에서든 주술로 전락한다. 고등 종교의 성전에 가서 기도를 하면서도 제 삶이 그 종교의 섭리에 얼마나 부합하는지 되돌아보고 반성하는 내용은 전혀 없이 절대자에게 제가 필요한 것만 내려달라고 자꾸 조르기만 한다면 기복신앙의 주술에 그칠 뿐인 것이다.

> 고려조에 한광연이라는 사람이 집을 고치는 데 음양설에 구애받지 않고 아무 날이나 했다. 이웃사람 꿈에 검은 옷을 입은 사람 십여 명이 나타났는데 기쁘지 않은 표정들이었다. 집 주인이 공사를 할 때마다 자기들을 편치 못하게 한다는 것이었다. 그러자 이웃사람이, 그렇다면 왜 재앙을 입히지 않는지 캐물었다. 대답은 간단했다. 할 수 없어서가 아니라, 집 주인의 청렴함을 존중하기 때문이라는 것이다. 그가 청렴한 사람이어서 함부로 해코지를 할 수 없다는 뜻이었다. 그 사람들은 바로 한광연 집의 땅을 지키는 신이었다.

이제현(李齊賢)의 『역옹패설(櫟翁稗說)』에 전하는 이야기이니 패설의 속성상 얼마간은 사실이겠고 또 얼마간의 허구적인 요소가 붙어 있을 듯하다. 어디까지가 사실일지 몰라도 이야기 속 주인공은 그 청렴함으로 높은 평가를 받았던 인물임은 분명하다. 지금도 평범한 개인집의 이사를 할 때라도 손 없는 날을 따지는 형편이고 보면 그 옛날 아무 날이나 집을 고치는 그 배포가 우선 놀라운데, 그 비결이 대단한

데 있는 게 아니었다. 그가 세상사람들이 다 아는 음양설을 몰라서가 아니라, 내가 바르고 떳떳하게 살아가는데 내 집을 지키는 신이 나를 해코지할 이유가 없다는 강한 확신이 있었을 뿐이다.

실제로 역사에 나타난 한광연의 행적을 좇아보면, 몽골과의 강화(講和)가 필요할 때 선뜻 나선 인물로 나온다. 당시 온 세상을 지배했던 몽골의 위세를 생각하면 누구도 쉽지 않은 일이었을 텐데 그는 결코 좌고우면하지 않았다. 목숨이 달린 길을 나서면서도 그 흔한 점 한 번을 치지 않았을성싶다. 청렴한 몸가짐으로 제 운명보다 나랏일에 먼저 관심을 두어 주술의 손아귀를 벗어난 셈이다. 요사이의 주술 논쟁이 이왕 정치판에서 비롯된 것이라면 그 판에서 건전하게 끝맺음을 하면 좋겠다. 그러자면 우리에게 필요한 것은 그 정치인이 보여준 떳떳한 행적이다. 내가 비뚤게 살아도 나를 돌봐주는 무언가가 있다는 잘못된 믿음 대신, 내가 바르게 살기만 하다면 어느 누구도 나를 쉽게 해칠 수 없으리라는 강한 믿음으로 점철된 올곧은 행적 말이다. 그게 있다면 주술 논쟁은 한바탕 촌극으로 끝날 것이고, 그게 없다면 매주 교회나 절에 가서 머리를 숙인다 해도 주술 논쟁의 구렁텅이에서 벗어나기는 요원한 일이다.

고양이 덕분

고양이가 쥐의 원수인 것은 말할 필요조차 없다. 그래서 고양이 목에 방울을 달아두면 쥐 팔자가 좀 펴지련만, 그걸 해낼 쥐가 없으니 쥐들로서는 난감한 일이다. 그런데 옛글 가운데는 고양이 목에 방울을 달면 안 된다고 주장하는 늙은 쥐가 등장한다. 사람의 방울을 훔치기도 어렵지만 훔친다 해도 고양이 목에 달 수 없을 것이며, 그렇게 한다고 해도 인간의 것을 함부로 훔칠 수 없다는 논리였다. 다른 사람들이 물건 훔치는 것을 잡아내는 터에 쥐가 훔쳐가는 것을 그만 둘 리 없다는 것이다.

그렇다면 그런 주장을 하는 고양이는 어쩌자는 것인가? 고양이를 어쩌지 못하니 가만 굶어죽자는 것인가? 그렇지 않다. 좀 힘들기는 해도 쥐들이 각자의 할 일을 잘 찾아 한다면 산에 나는 도토리나 상수리는 먹을 수 있으니, 그렇게 지내면 그럭저럭 연명하며 번식은 해나갈 있다는 논리였다. 고양이가 있어서 사람들 물건을 해치지 않는 통에 쥐들이 그나마 목숨을 부지해왔다는 말이다. 하긴 그럴 것이다. 쥐가 사람들의 귀한 물건을 자꾸 해치게 된다면 사람이 가만 놔둘 일이 아니다. 그런데 일이 어찌 되려고 그랬는지 어느 날 고양이가 개에 물려 죽고 말았다.

갑자기 쥐들 세상이 온 셈인데, 여느 쥐 같으면 만세를 부르고 제 세상을 한껏 호령할 일이다. 그러나 그 늙은 쥐는 영 달랐다. 이제 큰 재앙이 닥칠 거라며 자식들을 데리고 깊은 산 속으로 숨어들었다. 아니나 다를까, 남아있던 쥐들이 사람들의 집에 구멍을 내고, 책을 갉아먹고, 옷을 더럽히고, 음식을 훔치기 시작했고, 보다 못한 집주인은 쥐구멍에 연기를 뿜고 뜨거운 물을 흘려넣었다. 또, 쥐구멍 앞에 날랜 고양이를 두어서 달아나는 쥐들을 잡아먹게 하여, 늙은 쥐 가족을 제외하고는 그 집의 쥐들이 모두 죽고 말았다.

이광정(李光庭)이 지은 『망양록(亡羊錄)』 가운데 있는 〈쥐와 고양이(鼠與猫)〉의 이야기인데, 읽고 나면 어쩐지 등골이 서늘한 느낌이 든다. 흔히 말하는 "고양이 목에 방울 달기"란 누구도 선뜻 나서서 하기 어려운 과제이지만, 일단 성사만 되면 편하기 그지없는 일을 뜻한다. 그러나 〈쥐와 고양이〉 이야기에서는 그보다 더 어려운 과제를 제시한다. 바로 방울이 없어서 생기는 불편을 역이용하는 지혜이다. 괴로운 일이 있거나 자신을 괴롭히는 사람이 있을 때면 언제나 그 탓에 안 되는 일만 생각하지만, 가만 보면 그 때문에 이룬 일도 적지 않다. 직장에서 엄격한 상관을 만나 일을 꼼꼼하게 처리하는 습관을 들였다거나, 가난한 환경 탓에 남보다 적게 소비하면서도 넉넉해지는 법을 터득한 예가 그렇다.

조직생활을 하다 보면 사사건건 문제점을 짚어내는 사람들이 있다. 잘못된 문제를 바로잡아 건전한 조직을 이루려 한다면 나무랄 일이 아니지만, 문제는 거의 모든 일에 그렇게 눈에 쌍심지를 켜고 덤벼든다는 것이다. 고양이가 쥐를 잡는 일이 쥐가 도둑질하는 까닭이 아닌 것처럼, 모든 일에 토를 한번 달아야 직성에 풀리는 사람이 심심찮게 있다. 특히 그런 사람이 힘깨나 쓰는 축일 때, 피곤하기는 하지만 책잡히지 않으려 신경을 곤두세우게 된다. 물론 그 사람 때문에 일이 두 배 세 배 힘들기는 하지만, 그 덕분에 사소한 규정이라도 꼼꼼하게 지켜 일을 처리하게 된다면 그 긍정적 기능이 아주 없지는 않다.

그렇다면 그저 타고난 팔자대로 잠자코 살라는 말이냐며 입을 삐쭉대는 사람이 있다면 꼭 한마디를 해주어야겠다. 조금만 몸을 움직여 스스로 저 먹고살 걸 마련할 수만 있다면, 구태여 남의 것을 훔쳐서까지 떵떵거리며 살려들지 말라는 당부라고 말이다. 설령 조금 부족하거나 못 마땅해도 제 몫만으로도 어지간히 살아갈 수 있다면, 남의 몫까지 채뜨려 더 여유롭게 살아보겠다는 욕심은 버리는 게 낫지 않을까 한다.

하나마나 한 말이지만, 남에게 피해 안 주고, 법과 규정을 지켜가며 성실하게 해서 얻은 것만이 진짜 제 것이다. 늙은 쥐도 터득한 이치를 머리가 다 세도록 깨치지 못해서야 말이 아니다. 쥐도 그런 생각을 하는 터라면, 그래도 사람이 동물보다는 좀 나아야 하겠다.

죄인의 횃불

나이를 먹으면 입은 닫고 지갑을 열라는 말을 종종 듣는다. 후하게 쓰고 충고하려들지 말라는 뜻인데, 인색해지는 것과 훈수하는 습관은 그 근원이 상반된 곳에 있다. 인색해지는 까닭은 앞날이 불확실하기 때문이다. 지금의 수입이나 건강이 유지될 수 있다는 보장이 없으니 일단 닫고 보는 것이다. 이와는 반대로, 남에게 충고하려면 남보다 확실한 무언가가 있어야만 한다. 남들이 잘못 가고 있다는 확실한 판단이 서지 않고서야 굳이 싫은 소리 들어가며 나설 일이 없을 테니 말이다.

그렇다면 지갑을 열고 훈수를 하든가, 지갑을 닫고 훈수를 멈추든가 양자택일이 필요할 것 같은데, 현실은 그리 단순하지 않다. 남의 실패에서 자신의 실패를 방지하는 요령을 얻을 수도 있고, 악한 사람이라고 꼭 악한 말만 하는 것도 아니기 때문이다. 승려가 되려는 사람들이 보는 책 가운데 하나인 『초발심자경문(初發心自警文)』 가운데 이런 말이 있다. "어떤 사람이 밤에 갈 때 죄인이 횃불을 들고 길에 나타났는데, 그 사람이 악하다는 이유로 밝은 빛을 받지 않는다면 구렁텅이에 떨어지게 될 것이다."(지눌(知訥), 〈처음 공부하는 사람을 경계하는 글(誡初心學人文)〉) 밤길에 당장 필요한 것은 횃불이지, 밤길 조심하라는 당부의 말이 아니다.

그런데 세상에는 그 정반대의 경우도 있을성싶다. 밤눈이 아주 밝거나 밤길에 익숙하여 횃불이 필요 없는 사람이 흔치는 않아도 있기는 있을 텐데, 그런 사람이 매우 선한 사람이라면 어떻게 할 것인가. 그 뒤를 바싹 따라만 가도 구렁텅이에 빠질 염려는 줄일 수 있고 그렇게 하는 게 그리 나쁜 선택은 아니다. 물론 남의 눈에만 의지해서 길을 가는 게 제 눈으로 제 팔 휘저으며 가는 것보다 좋을 리가 없지만, 그렇게라도 하면 크게 실패할 리가 없기 때문이다.

제일 큰 문제는 앞서 간 사람들을 죄다 '구태'로 치부하고 눈과 귀를 닫아버리는 일이다. 당신들이 제대로 못해서 우리가 이 고생인데 당신 말을 왜 듣겠느냐고 나설 때는 아무런 대책이 없다. 물론 윗세대가 잘못해서 이리 된 것이 얼마간 사실이기는 해도, 이 정도나마 누리게 된 것은 또 윗세대 덕인 것도 부정할 수 없는 사실이다. 그러나 주어진 혜택은 혜택대로 누리면서 불평만 쏟아낸다면 어디에서든 곱게 받아들여질 리 만무하다. 더 나아가, 당신은 좋은 시대 좋은 집에서 태어나 잘된 것일 뿐이니 우리와는 다르다며 치받는다면 정말이지 백약이 무효다. 내가 당신들보다 결코 윤택하게 살지 못했다고 하나둘 주워섬길 수도 없고, 지난 시절의 아픔을 훈장처럼 내밀 수도 없는 노릇이다.

다 좋은데, 어쨌거나 밤길을 가야만 한다면 귀결점은 하나이다. 밤길 가기를 마다하려면 별 핑계를 다 댈 수 있겠지만, 꼭 가야만 한다면 밤길에는 필요도 없는 색안경부터 벗어야 할 것 같다. 가뜩이나 어두운 길, 눈 똑바로 뜨고 똑똑히 보다가 누군가 횃불을 들고 나간다면 그가 비춰주는 훤한 발밑을 살피면 된다. 혹시 횃불은 없더라도 밤눈 밝은 이가 성큼성큼 앞서 간다면 그리로 바싹 붙어 따라가며 구렁텅이로 떨어지는 참혹함만은 막아야 한다. 불평과 비난은 그 다음에 해도 충분하니까.

금강산과 북한산

우리나라에서 제일 좋은 산이 무엇이냐고 물으면 사람마다 다를 것이다. 대체로 설악산이나 지리산 같은 명산을 꼽을 텐데, '우리나라'의 범위를 한반도 전체로 키워본다면 십중팔구 금강산이나 백두산을 꼽기 쉽다. 특히, 금강산 같은 경우라면, 실제로 가서 보면 기암괴석이 빚어내는 절경이 사람의 혼을 빼놓을 지경이다. 나야 남북관계가 좋을 때 운 좋게 가보았으니 그런 말이나 할 수 있지만, 지금처럼 가고 싶어도 못 가는 상황에서는 그런 명산엘 가보질 못하니 한스럽기만 할 터이다.

그러나 조선 최고의 문장가로 꼽히는 박지원은 뜻밖의 의견을 남겼다.

"전에 언젠가 나는 한양의 도봉산과 삼각산이 금강산보다 낫다고 말한 적이 있다. 물론 금강산은 그 골짜기가 일만이천봉으로 기이하고 높고 웅장하고 깊지 않은 게 없다. 들짐승이 움켜쥔

듯, 새가 날아오르는 듯, 신선이 허공으로 치솟는 듯, 부처가 가부좌를 틀고 있는 듯 각양각색이다. 일찍이 신광온과 함께 단발령에 올라 금강산을 멀리 바라다본 일이 있는데, 마침 가을 날씨가 푸른 가운데 석양빛이 비스듬히 걸려 있었다. 그야말로 천하의 기이한 모습이지만 윤기 나는 자태가 없어서 금강산을 위해 탄식하지 않을 수 없었다."(「도강록」, 『열하일기』)

금강산의 명성을 얻게 된 데는 기암괴석을 빼놓을 수 없다. 그러나 산이라고 하면 돌만 있는 게 아니고 흙도 있으며, 흙이 있어야 숲이 울창해지는 법이다. 이 점에서 박지원은 흙만 있는 흙산은 원만하고 온화하지만 특별하고 기이한 맛이 적고, 돌만 있는 돌산은 특별하고 기이하지만 원만하고 온화한 맛이 적다고 파악한 듯하다. 산에 있어서 돌과 흙의 황금비율이 얼마정도인지는 객관적인 기준을 잡기는 어렵겠지만, 그런 균형이 잘 맞는 산으로 서울의 도봉산과 북한산(삼각산)을 꼽았던 것 같다.

"먼데 무당이 용하다."는 말이 있다. 지금처럼 과학이 발달하지 않았을 때 어려운 문제가 닥치면 굿으로 풀려 했을 것이다. 그런데 가까운 데 있는 무당은 늘 지켜보던 사람이라 너무 뻔해 신비함이 적다. 특히 해결할 문제가 클수록 대단한 무당을 찾게 되고 그 대단함이라면 우선 먼 거리로 재단하곤 한다. 우선 가까운 데 큰무당이 없는지 살핀 후 먼 데 사는 용한 무당을 찾는다면 모르겠지만, 일단 접하기 어려운 무당은 다 용하다는 선입견이 문제이다. 사소한 질병에도 먼 데 있는 큰 병원부터 찾는 예가 다 그런 데서 기인한다.

이런 맥락에서, 서울에 살면서 한 계절에 한번이나마 북한산을 찾는 사람이 금강산을 못 가보는 걸 애통해 한다면 이해가 된다. 여러 번 가보았지만 아쉬운 점이 있다는 생각이 든다면 누가 뭐랄 것인가. 그러나 가까이 좋은 산이 있다고 해도 봄가을 산행철에조차 가볼 생각도 안하면서 유독 갈 수 없는 산만 그리워하며 살아간다면 안타까운 일이다. 실제로 해외여행지 10곳을 선정하여 버킷리스트를 작성해둔 사람은 많을 테지만 국내여행지 10곳을 꼽아두고 틈날 때마다 가보는 사람은 그리 많지 않다. 국내 명승지는 거기대로 좋고, 해외 명승지는 또 거기대로 좋은 것을 알아야 이곳도 살고 저곳도 산다. 금강산은 기이한 맛에 좋은 걸 알고, 북한산은 온화한 맛에 좋다 여기고 즐길 때, 금강산도 살고 북한산도 산다. 거꾸로 금강산은 온화함이 적으니 문제고, 북한산은 기이한 맛이 적으니 안타깝다고만 여길 때, 금강산도 죽고 북한산도 죽는다.

여기 살면 여기대로

이쪽에 있으면 이쪽 방식으로, 저쪽에 있으면 저쪽 방식으로 사는 게 순리이고, 그렇게 하면 만사가 다 편할 것 같다. 그러나 지금 당장 인터넷 검색을 해본다면, 50세에도 동안을 뽐낸다는 세칭 '여신'들이 즐비하고, 전원에 지은 주택이 도심가 고급빌라보다 호화스럽다는 광고가 떠다닌다. 나이를 먹으면 얼굴 또한 늙고, 전원에 살면 도시의 호사는 포기하는 게 순리이겠으나, 어찌 된 세상인지 그저 순리대로 살겠다고 고집하다가는 두 발짝도 못 가서 손가락질 받기가 일쑤다.

옛날, 어떤 노인이 남산에 정자를 짓고 살았다. 그런데 소나무 삼나무가 빽빽이 둘러싼 곳이어서 대낮에도 부엉이 소리가 시끄러웠다. 노인은 그 소리가 싫어서 점쟁이를 찾아 어떻게 하면 그 소리를 멈출 수 있는지 물어보려했다. 그런데 마침 친구가 찾아와서는 엉뚱한 답을 내놓았다. 친구의 답은 간결했다. 부엉이란 녀석은 본디 남산을 문으로 삼고 솔숲을 집으로 삼아 살아간다.

이는 사람들이 침범하지 못할 곳을 찾아 깊은 숲으로 숨어든 것이다. 그런데 어떤 사람이 남산 구석에 집을 지었으니 이것은 부엉이가 사람을 침범한 게 아니라 사람이 부엉이를 침범한 게 아니겠느냐 말이다.

그야말로 주객전도, 적반하장! 그러니 억울함을 하소연하자면 난데없는 침입자를 만난 부엉이가 해야지, 세속을 피해 숲으로 찾아든 사람이 할 게 못된다는, 매우 지당한 결론이었다. 조선초기의 성현(成俔)이 지은 『부휴자담론(浮休子談論)』에 있는 이야기이니, 이미 500년이 훨씬 더 된 글인데도 저자가 힘주어 강조하는 내용은 지금이라고 크게 다를 것 같지 않다. 이것이 좋다고 이것을 하면서 여전히 저것을 원하는 병폐가 도처에 널려있다. 설령 좋아서 택한 것이 아니라 하더라도 사세부득 이르게 된 곳이 여기라면, 저기에 없는 것을 한스러워하기만 할 일이 아니다.

도시에 살면서 공기 나쁜 것을 한스러워하거나 전원에 살면서 벌레 많은 것을 싫어한다면 어느 곳에 살아도 만족하기 어렵다. 도시가 편리한 까닭은 거의 모든 편의시설이 인공물로 갖추어졌기 때문이며, 인공물을 움직이기 위해서는 자연이 파괴되고 인간의 물리력을 대신할 기계로 인해 공기의 질은 떨어질 수밖에 없다. 전원에 산다는 것은 전원을 근거로 살아가는 모든 동식물들과 함께 살아간다는 말이니,

그 가운데 특정한 벌레와는 함께 할 수 없다고 선을 그어서도 곤란하다. 그럼에도 불구하고 공원시설이 잘 갖추어져서 전원생활 같은 도시를 꿈꾸고, 집의 안팎이 철저히 차단되어서 집 바깥의 개미새끼 한 마리도 들어설 수 없는 전원을 꿈꾼다.

마찬가지로 젊어서 이 일 저 일 해내느라 바쁜 것을 싫어하거나, 늙어서 일없이 한가한 것을 못견뎌한다면 평생 불만 속에 살 수밖에 없다. 나이가 들어서도 젊은이 외양을 하겠다고 한껏 꾸미고는 생각만큼 어리게 보아주지 않는다며 서운해 한다면, 이야기 속 부엉이가 나타나서 한마디할지도 모르겠다. “크게 텃세할 생각은 없지만, 남의 동네 들어와 살면 그 정도는 감수해야지. 안 그래?” 그러니 남의 동네에는 아예 들어가질 말든가 들어갔으면 제 동네와는 다른 불편함을 감수하든가, 어쨌거나 하나만 해야 속이 덜 시끄럽겠다. 천하의 춤꾼이라도 두 개의 장단을 동시에 놓고서는 손발이 꼬이는 법, 제발 하나만 하자, 하나만.

다홍치마에서 개살구로

옛날, 어느 산골에 무식한 사람이 살았는데, 사위만큼은 천하에 유식한 사람을 얻고싶어했다. 그래서 아무 조건 따질 것 없이 식자 하나만을 보고 사위를 골라 들였다. 그런데 혼례를 치른 밤, 난데없는 호랑이가 나타나서 장인을 물어갔다.

사위가 나서서 마을 사람들의 도움을 청해보았지만 아무도 나오지 않았고, 사위는 마을사람을 관가에 고발했다. 고을 원님이 사실을 확인하기 위해 마을 사람들에게 간밤의 일을 물었다. 그랬더니 대답이 희한했다.

"자다가 무슨 소리가 시끄러워서 일어나보니까, 무슨 '워워워~' 하는 소리가 들리길래 그냥 다시 잤습니다."

원님은 다시 사위에게 대체 무슨 말을 했는지 물었다. 사위의 대답은 걸작이었다.

"어 촌인들! 원산호가 근산래하야 아지부를 호식거했으니, 지총자는 지총래하시고 지봉자는 지봉래하시사."

세상에, 그 위급한 시간에 터진 문자속이라니 기가 막힌 일이다. 먼 산의 호랑이라 가까운 산으로 와서 우리 아버지를 호랑이가 먹어갔으니 총을 가진 사람은 총을 들고 오시고 몽둥이를 가진 사람은 몽둥이를 들고 오시라는 말을 한문으로 읊어댄 것이었다. 마을 사람들은 그 말이 무슨 소리인지 알아들을 수 없었으니 나올 리가 없었다. 사정을 들은 원님은 다시는 그런 문자 쓰지 말라며 훈방 조치를 내렸으나 사위의 문자속은 끝나지 않았다. "갱불문자(更不文字)하겠습니다." 다시는 문자를 쓰지 않겠다는 다짐을 그렇게 또 문자를 써서 드러냈다.

한낱 옛날 우스개에 그칠 이 이야기가 여전히 의미를 갖는 까닭은 이야기 속 장인과 사위가 보여 준 허세와 허영심이 현재진행형이기 때문일 것 같다. 내게 없는 걸 구해보겠다는 생각이 잘못 된 것은 아니지만, 무언가를 구하려면 그에 맞는 능력을 갖추는 게 순리이다. 제 구매력의 한계는 생각하지 않고 눈만 높인다면 필경 어느 한 구석은 모자란 물건을 구할 수밖에 없다. 그 유식하다는 사위가 제 일이 급해서 마을 사람들에게 도움을 청하는 마당에 내뱉은 첫마디가 "어 촌인들!"이라는 것은 식자 뒤에 감추어진 어리석음을 웅변한다.

돌아보면, "이왕이면 다홍치마"라며 앞뒤 가리지 않고 빛깔에만 꽂혔다가 "빛 좋은 개살구"로 쓴맛을 본 일이 제법 있는 것 같다. 이렇게 싸고 좋은 물건이 있다니 하며 감탄을 토해내고 사왔다가 얼마 안 있어 탈이 나고, 돈 주고 가져가래도 가져가지 않을 물건들 말이다. 이야기 속 장인이 살아나온다면, 분수에 넘치는 유식한 사위를 고집하지 않았더라면 목숨은 부지했으련만 그 놈의 식자가 뭐라고 목숨까지 잃는단 말인가 한탄할 법하다.

그러나 좀 더 냉정하게 살피자면, 내가 어느 정도 유식하지 않은 한 진짜 유식한 사람을 가려내기조차 어렵다. 위급한 상황에서 남들도 모를 소리를 문자랍시고 떠드는 게 모자라도 한참 모자란 위인이지만, 유식하지 않은 장인은 그걸 알 리가 없었던 것이다. 진짜와 가짜를 가려낼 깜냥도 못 되면서 좋은 것을 고르겠다는 허세가 이 황당한 결말의 화근이었다. 그러나 그를 마냥 비난할 수만도 없는 것이, 목 마르면 물맛을 모르는 게 당연하기 때문이다. 내게 없는 것을 밖에서 구하는 게 인지상정, 안타깝게도 그 탓에 분별력을 잃어 낭패를 본 것이다.

그러니 무언가 눈에 번쩍 드는 게 나타나거든 잠깐 한번 살필 일이다. 제 능력은 헤아리지 않고, 그저 헐값에 사서 폭리를 취하겠다는 허랑한 마음이 자신을 공연한 함정으로 이끌지나 않는지 헤아려 보는 거다. 그래도 꼭 그래야겠다면 우선 능력부터 기르고, 그게 어렵다면 능력을 알아보는 안목이라도 갖추는 게 정한 순서이겠다.

3. 손을 맞잡고

좋은 부모, 좋은 자식

몇 해 전, 스승의 날 즈음이었다. 나도 모르게 어머니 앞에서 이런 말이 나왔다. "저는 좋은 아버지도, 좋은 선생도 못 되는 것 같아요." 아마 그때가 부모로서도, 선생으로서도 힘에 부치던 고비였을 텐데, 아무리 그래도 병석에 계신 노모 앞에서 그런 말을 했으니 좋은 자식이 못 되는 터였다. 결국, 부모로서도, 선생으로서도, 아들로서도 제 몫을 다하지 못하고 있다는 참담한 고백이 되고 만 셈이다.

이에 반해 『삼국유사』에 나오는 진정사(眞定師) 모자의 이야기는 내가 넘지 못한 고비를 잘 넘긴 사례이다. 진정사는 출가하기 전 매우 가난하였으며 군인으로 있으면서 틈틈이 부역을 하여 홀어머니를 봉양하였다. 살림이라고는 다리 부러진 솥 하나가 전부였을 뿐이었는데, 하루는 어떤 스님이 와서 시주를 청하였다. 절을 지을 쇠붙이가 필요하다는 것이었다. 어머니는 두말없이 그나마 남은 솥을 시주하였고, 귀가한 아들은 좋은 일이라며 어머니를 지지하였다.

그런데 그때 의상법사가 태백산에 와서 설법을 하고 있다는 소식을 듣고는 그리로 가서 불도를 닦고 싶었으나 어머니가 걱정이었다. 그래서 아들은 어머니께 효도를 다한 뒤에 꼭 출가하겠다고 말씀을 드리자 어머니는 불법은 만나기 어렵고 인생은 빠르게 지나는 법이니 효도를 마친 뒤라면 늦는다며 아들을 독려했다. 아들이 차마 따르지 못하자 그렇게 지체하는 것이 도리어 자신을 지옥에 빠뜨리는 것이라며, 그 자리에서 있는 쌀을 탈탈 털어 밥을 지어 일부는 먹이고 나머지는 싸들고 빨리 떠나라고 다그쳤다. 아들은 그렇게 의상에게 가서 '진정'이라는 법명을 받아 공부하였는데, 3년 만에 어머니의 부고를 받았다. 진정은 가부좌를 틀고 선정(禪定)에 든 지 7일 만에야 자리에서 일어났다.

『삼국유사』를 펴낸 일연 스님은 이 이야기의 제목을 '진정사의 효도와 선이 쌍으로 아름답다(眞定師孝善雙美)'라고 잡아두었다. 효도 하느라 제 일을 다 못한 것도 아니고, 제 일을 하느라 효도를 못한 것도 아니다. 그 뒷이야기를 보면, 어머니가 꿈에 나타나 "나는 이미 하늘나라에 환생하였다."고 일러주었다. 자식의 공부가 완성되면서 어머니도 구원을 받았다는 의미이다. 어머니는 등 떠밀어서라도 집을 떠나 공부하도록 했고, 자식은 어머니를 두고는 못 떠나겠다며 끝까지 버티지 않았다. 꼭 부모자식 관계가 아니더라도, 어떤 관계에서든 제 갈 길을 제대로 찾게 해주는 것이, 양자 모두를 바른 길로 인도하는 첩경이다.

그러나 실제 현실에서는 그렇게 쌍으로 아름답기가 여간 어렵지 않다. 쌍으로는 고사하고 어느 한 편에서나마 제 역할 해내기도 버거워 한다. 살기가 어려워서라고는 하지만, 자식을 버리는 부모 이야기가 뉴스에 쉼 없이 등장한다. 부모를 학대하는 자식 이야기는 뉴스를 보기 겁날 만큼 많기도 하다. 더 어렵게 지냈을 때보다 그런 소식을 더 많이 접하게 된 건 퍽이나 씁쓸한 일인데, 어찌되었거나 진정한 '효(孝)'는 부모가 자식을 사랑하는 '자(慈)'와 짝을 이룰 때 빛난다. 어버이는 자식을 사랑하고, 자식은 어버이께 효도하는 '부자자효(父慈子孝)'가 옛 경전에만 실릴 이야기가 아닌 것이다. 그래서 어떤 이는 우리 말 '효(孝)'를 'HYO'로 표기하고 "Harmony of Young and Old"로 익살스럽게 풀어놓기도 했다. 진정한 효도란, 젊은 자식과 늙은 부모의 조화가 전제된다는 뜻이다. 이렇게 보며 어느 한쪽만 좋자고 하는 사랑이나, 어느 한쪽에만 이득이 되는 효도라면 이미 그른 길을 가는 것으로 보아도 무방하다.

좋다, 젊은 사람과 늙은 사람의 조화!

원수형제를 벗어나려면

문학을 공부하다 보면 사이가 좋지 않은 형제 이야기를 자주 접한다. 똑같은 부모에게 나서 똑같은 가정환경에서 자랐는데 어떻게 그럴까 싶지만, 사실은 그렇기 때문에 사이가 안 좋은 것이다. 꼭 닮은 사람들이 부모가 가진 것을 함께 나누느라 갈등이 증폭된다. 이러한 갈등이 극대화되면 형이 동생을 죽인 〈카인과 아벨〉처럼 '원수형제' 테마에까지 이르고 만다. 그 동질성이라는 측면에서 보자면 아주 심하게는 쌍둥이가 그렇고, 그 다음은 동성 형제, 그 다음은 남매간의 이야기가 그 테마를 이룬다.

〈흥부전〉의 놀부와 흥부 형제 이야기도 그런 범주에 들어가는데, 놀부는 악하고 흥부는 착하다는 도식만으로는 단순화하기 어려운 데 작품 해석의 어려움이 있다. 대체로 놀부는 일만 하고 흥부는 공부만 한 것 같은 차별과 편애가 있기 때문이다. 물론 일만 해서도 사람의 도리를 깨치고 공부만 해서도 경제적인 면이 해결되면 좋겠지만 현실은 그렇지 못하다. 일반인의 시각으로는 놀부가 돈밖에 모르는 냉혈

한이겠지만, 놀부의 입장에서 흥부는 놀고먹기나 하는 구제불능의 인간인 셈이다. 실제로 놀부의 생각이 적중이라도 한 듯이 흥부가 형에게 쫓겨나서 할 수 있는 일은 아무것도 없었다.

그러나 〈흥부전〉의 진면목은 그 다음에 일어난다. 많은 식솔들을 거느린 가장으로 굶주림을 참다못한 흥부는 다시금 놀부를 찾아갔다. 자신의 행실을 반성하기도 하면서 선처를 호소했는데, 돌아온 것은 더 심한 모욕이었다. 형수에게서 밥주걱으로 뺨을 맞으면서도 뺨에 붙은 밥알에 희색을 보이는 참상이 펼쳐진다. 그렇게 쫓겨난 흥부는 다시 정신을 가다듬고 새로운 행보를 펼쳐나간다. 구걸이 아닌 노동에 나서는 것인데, 김매기, 풀베기, 술짐 지기 등을 닥치는 대로 하고, 심지어 매품까지 팔아보려 한다. 흥부의 처 역시 밭매기, 김장하기, 방아 찧기, 삼 삼기 등을 하며 한 때도 쉬지 않고 밤낮으로 돈벌이에 나선다. 그러나 그 결과는 처참해서 여전히 굶주리고 자결까지 생각할 정도의 극한 상황으로 내몰린다.

게으르고 노력하지 않는 사람에 대한 비판은 당연하다. 그러나 그것은 처음 쫓겨나서 무대책으로 시간을 보내던 흥부에서 그쳐야 한다. 두 번째로 쫓겨나 극한의 고역을 감내한 흥부에게까지 들이댈 일은 아닌 것이다. 옛이야기답게 이 문제해결의 물꼬는 제비가 물고 온 박씨에서 나왔지만, 현실적으로 보자면 흥부의 각성과 놀부의 개심이 작품의 중요한 주제가 될 듯싶다. 제 힘으로 살지 않고 의지해서는 안 된다는 각성과, 내 몫이라고 여기던 데 다른 이의 몫이 있는 걸 알고 뉘우치는 개심이 만나서 원수형제의 견고한 틀이 깨지고 말았다.

그러나 그것은 여전히 이야기 속의 변화일 뿐, 현실에서는 지금도 원수형제 이야기가 쉼 없이 산출된다. 많이 가진 사람들은 많이 가진 대로, 덜 가진 사람들은 그 조금 가진 범위에서나마 서로 더 갖겠다고 혈안이 되어서 다툰다. 원수형제 테마는 같은 피를 나눈 동기간에서만 생기는 게 아니라, 정치판에서의 후계구도, 사업 판에서의 지분 분배, 공부 판에서의 적통 잇기 등에 끊임없이 생겨난다. 이 점에서 원수테마를 벗어나는 첫걸음은 아주 단순하다. 혹시라도 내가 지금 누리는 것을 그저 당연한 듯 편하게 받아쓰고만 살아오지는 않았는지, 혹은 누군가와 함께 나누어야할 무언가를 독차지하고 있지는 않았는지 돌아보는 것이다.

그러나 나이가 들면서 오랫동안 함께 지냈던 이들이 모여 스스럼없이 옛날 이야기를 주고받을 때면 뒤통수가 따가울 때가 있다. "너를 아버지께서 특별히 예뻐했으니까…….", "그때 선생님께서 너를 편애하셔서 내가 얼마나 힘들었는지 모르지?" 나도 몰랐던 사랑이 그리 쏟아졌다니 이만큼 된 것도 다 그 덕이려니 더욱 조심해야겠다 다짐하지만 역사는 또 되풀이되는 법. 내가 키운 원수형제들이 또 줄줄이 대기 중인가 보다. "제가 모를 줄 알아요, 누굴 더 예뻐하시는지?"

용도 살고 물고기도 살고

'금수저', '은수저' 하면서 숟가락 타령으로 세월을 보내는가 싶더니, 용 타령으로 불이 옮겨 붙었다. "개천에서 용 난다."는 말과는 달리 이제 더 이상 그런 시대는 끝났다는 탄식이 터져 나온다. 그러면 이내 그것이 누구 탓인가의 문제로 옮겨 가고, 어김없이 이전투구로 진행된다. 급기야 잔챙이 물고기류들이 꼭 용이 될 필요가 있겠느냐는, 깨침인지 빈정거림인지 애매한 훈수가 입방아에 오른다. 이처럼 용 이야기에 물고기가 등장하는 까닭은 우리 전통에 등장하는 용의 형상 때문이다. 서양의 그림동화에 등장하는 용이 배가 불룩한 도마뱀 같은 데다 새의 날개를 달아놓은 형상인 데 비하자면, 우리네 용은 그보다 훨씬 더 다양한 동물들의 특성을 모아놓은 데다가 큰 물을 주무대로 살아간다.

큰 바다에는 으레 용왕이 살고 있어서 그 바다의 주인 역할을 한다고 믿어졌다. 이렇게 용이 왕노릇을 하려면 당연히 신하와 백성이 있어야 한다. 판소리 〈수궁가〉에만 보아도 용왕이 병이 들자 신하들을 불러 모아 대책을 논의하는데, 도미, 거북이, 민어, 오징어, 조개, 청어, 홍어, 낙지, 고등어 등등이 제각각의 직함을 달고 등장한다. 용이 어깨에 힘을 주고 다닐 수 있는 까닭은 그렇게 뭇 물고기들이 있기 때문일 터이다. 그런데 용이 "늬들이 누구 덕분에 벼슬 한 자리씩 하는 줄 아느냐?"며 거드름만 피운다면, 정말 답이 없다. 그나마 큰 바다의 큰 물고기들은 용왕 앞에 머리라도 조아리며 밥술이라도 넉넉히 뜨며 살아간다지만, 작은 강이나 개울에 사는 잔챙이들로서야 갑갑하기만 할 뿐이다.

물론 그런 답답한 마음에 불평이 터질 때마다 입을 다물게 하는 묘약이 아주 없는 것은 아니다. 배를 아주 곯지 않도록 자잘한 먹이라도 던져주거나, 바다의 위험을 피해 청정한 1급수에서 평화로이 살아가는 기쁨을 부각시켜 위로해줄 여지도 있다. 그러나 "용이 된 도리로 말하자면 작은 물고기들에게 구구한 은혜를 베풀어주기보다는 먼저 그들을 해치는 것들을 물리쳐주는 게 나을 것이다."(이옥(李鈺), 〈물고기에 대한 부(魚賦)〉)는 옛사람의 말을 귀담아들을 필요가 있다. 그게 바로 용도 살고 잔챙이도 사는 길이며, 검은 구름을 박차고 하늘로 오르는 용이 뭇 잔챙이들의 진심어린 박수갈채를 받는 비결이다.

그러나 어찌어찌하여 용이 되고 나면, 뭇 물고기들을 편히 살게 해주고 박수 받으며 하늘로 오를 채비를 하는 게 아니라 용왕으로 물고기들의 대장놀음에 빠지는 경우가 허다하다. 어제까지는 한 물에 함께 놀던 물고기였는데 갑자기 용이 된 뒤로는 자신이 남들과는 다르다며 으스대기만 할 때, 그 물속이 용에게는 천국일지 몰라도 물고기들에게는 지옥이 따로 없다. 〈수궁가〉에만 보아도 제 병에 약을 구한답시고 결국 가장 힘없는 별주부를 앞세우며, 〈물고기에 대한 부〉에서는 작은 물고기들을 해치는 것들을 적시하고 있다. 저 혼자 용이 되고 나서는 모두들 자기를 위해 살아갈 것을 종용하며, 작은 물고기들의 괴로움에는 애써 외면하는 치졸한 형태로는 진짜 용이 될 수도 없고, 하늘로 솟아오를 수도 없다.

이옥이 지적한 "구구한 은혜" 운운은 참으로 뼈아프다. 용이 되어서 자잘한 물고기들에게 너희들이 먹고살기 어려울 테니 조금 도와주겠다는 식의 태도는, 먹고살아가는 문제와는 별개로 그나마 자신을 지켜오던 자존심마저 뭉개버린다. 더구나 누구나 윗자리에만 있으면 아랫사람이 받는 정당한 대가마저도 다 자기 덕에 갖게 되는 특혜쯤으로 여기는 예가 허다하다. 아랫사람이 애쓰는 공력은 셈할 길이 없고, 쓸데없는 공치사만 난무하는 게 꼴사납다. 그러나 그보다 더 피곤한 일은 제 잘못이 아닌데도 그저 힘이 없다는 이유로 여기저기서 동네북 신세가 되는 일인데, 이때야말로 용이 폼 나게 나설 때이다.

용이 아니면 대적할 수 없는 커다란 악을 제거해줄 때, 용이 용 된 보람도 크고 용을 우두머리로 섬기는 기쁨이 있을 터이다. 바로 거기에서 또 다시 개천에서 용이 나는 기적과, 그 기적을 다 함께 환영하는 축제가 열린다.

괴물이 되지 않으려면

유교의 덕목에 대해 여러 가지를 말할 수 있겠지만, '충서(忠恕)'야말로 매우 현실적인 조목이다. 성현의 풀이대로 자기가 할 수 있는 바를 다 하는 것이 '충'이며, 자기로 미루어 남들에게 미치게 하는 것이 '서'이다. 한마디로 저 할 도리를 최선을 다해서 하고, 남들을 대해 무언가를 요구할 때에는 자신의 경우로 생각하여 무리하지 말라는 말이다.

옛날에 예법에 까다로운 집으로 시집 간 며느리가 있었다. 이 집의 전통은 시아버지께 아침마다 문안을 여쭙는 것이었다. 눈이 오나 비가 오나, 추우나 더우나 한결같이 그렇게 해야만 했다. 그것도 새댁일 때 잠깐도 아니고 몇 년씩이나 지속되었으니 여간 고역이 아니었다. 첫째 며느리와 둘째 며느리가 그 일을 착실히 해나가던 중, 셋째 며느리를 들였는데 그녀는 시어른께 특별한 요청을 했다. 자신이 시어른께 인사를 드리기 전에, 시어른께서 먼저 사당에 가서 인사를 드려야 한다는 것이었다.

따지고 보면 당연한 일이었다. 법도 있는 양반가에는 사당이 다 있었을 것이며 사당은 조상들의 신위를 모신 곳이다. 시어른들의 어른들이 모셔져 있는 곳이고 보면, 순서대로 어른이 그 어른의 어른들께 인사를 여쭌 뒤에 아랫사람의 인사를 받는 게 맞다. 이는 설 명절에 조상들께 차례 인사를 올리고 세배를 드리는 것처럼 자연스러운 일이 분명하다. 그래서 그날부터 시아버지가 모범삼아 사당 인사를 올리기 시작했는데 며칠 해보니 여간 힘든 게 아니었다. 춥거나 궂은 날 방바깥으로 나서는 것이 성가시기 이를 데 없었다. 시아버지는 이제 그만 며느리들에게 문안인사를 올리지 말라고 일렀고, 세 며느리 모두 아침 식전의 문안인사를 안 올려도 되게 되었다.

옛날이야기답게 훈훈한 마무리가 좋다. 그러나 이런 사례가 현실에서도 부드럽게 통할지는 의문스럽다. 가령 바쁘게 지나다가 어른을 못 알아보고 지나칠 때라면 그쪽에서 먼저 인사를 건네도 좋으련만, "인사 안 하나!"고 나무라기 일쑤다. 남들에게 불편한 인사를 자꾸 강요하는 사람들이라면 십중팔구 자신이 인사를 잘 해보지 못한 사람이다. 공자가 말하는 용서[恕]는 "자기가 하고 싶지 않은 것을 남에게 베풀지 말라(己所不欲 勿施於人)"는 말로 잘 설명되는데, 문제는 '자기가 하고싶지 않은 것'이 무엇인지 모르기 때문에 남에게 시켜대기 쉽다는 데 있다. 가령 부모님의 병구완을 하느라 힘들어하는 사람에게 조실부모한 사람이 "부모님을 그렇게 모실 수 있으니 얼마나 다행이야.

불평하지 말게."라며 충고하는 경우가 그렇다. 자신은 해보지 않았기 때문에 그게 얼마나 어려운지 모르고, 그래서 남들이 하는 걸 대수롭지 않게 여기기 때문이다.

하긴 그런 사례를 찾아 그리 멀리 갈 것도 없다. 대학에서 교양과목으로 한문을 가르칠 때의 일이다. 학생들이 기초 한자를 너무 몰라서 정상적인 수업이 어려웠다. 그래서 1,800자 한자 쓰기 교본을 다 써오면 가산점을 주기로 했는데 한 학기에 한두 명 정도밖에 하려 드는 사람이 없었다. 그렇게 몇 학기를 보낸 후, 내가 직접 그 교본을 한번 써보기로 했다. 나야 다 아는 글자인 데다 빨리 쓰기도 하는데도 한 학기에 다 마치질 못했다. 그 이후로 그 쓰기 과제를 다시는 내지 않았다. 사람의 도리가 쌍방 간의 관계임을 잊게 될 때, 도리를 다하기는 고사하고 온전한 사람이 되기도 어렵다.

어려운 일을 남에게 시키고 싶을 때는 어디선가 들려오는 이런 소리에 귀 기울이면 좋겠다. "당신은 그걸 한번 해보기나 했고?", "안 해봤으면 말이나 덜하든가." 멋모르고 나섰다가는 필경 괴물이 되고 말 테니까.

계보를 빛내는 법

고전을 읽다보면 '성인(成仁)'이 자주 보인다. '인(仁)을 이룬다.'의 뜻이니, 전통적인 유교 사회에서 대단한 성취를 이룬 것으로 보아도 무방하겠다. 그러나 이는 '살신성인(殺身成仁)'에서 '성인' 두 자를 떼어낸 것이어서, 대의를 위해 희생한다는 뜻으로 흔히 쓰인다. 가령 성인을 한 곳이라면 고귀한 뜻을 펼치다 죽은 자리이다. 그래서 그런 고귀한 일을 한 사람을 위인이나 영웅으로 숭앙하고 그런 정신을 본받겠다고 나서는 일은 당연하다.

그런데 세상에는 정반대의 일도 있다. 희생정신으로 수(壽)를 누리지 못한 분을 기리는 게 아니라, 제 자리에서 제 일을 잘 해내고 천수를 누리신 분들을 무덤에서 끌어내는 일이 있는 것이다. 김창흡(金昌翕)의 〈이장(移葬)〉이라는 시는 그런 상황을 콕 집어내고 있다.

관 뚜껑 덮고도 되레 알기 어려운 일 있으니	蓋棺猶有事難知
자손이 성대하여 파헤쳐져 이장을 하네	子大孫多被掘移

생시에는 화려한 집에 몸 편하기 오래건만　生存華屋安身久
죽어서는 떠돌이 다북쑥 신세 어찌 슬프지 않으리오　死作飄蓬豈不悲

"개관후(蓋棺後)"라는 말이 있다. 글자 그대로 '관 뚜껑 덮은 뒤'라는 뜻인데, 사람 일은 죽어서 관에 들어간 이후라야 제대로 알 수 있다는 뜻이다. 죽고 나면 더 이상 변할 것이 없으니까 그때서야 제대로 된 평가를 할 수 있다는 소리다. 사람을 평가할 때 중시하는 것은 뭐니뭐니 해도 자신이 이룬 성과이겠지만, 예나 지금이나 그에 못지않게 중시하는 게 바로 자손이 얼마나 잘 되었는가이다. 제 아무리 큰 일을 이루더라도 자식농사에 망친 사람은 그것 하나만으로도 두고두고 입방아에 오르는 법이다. 그러나 이 시에서는 자손이 번창한 것이 도리어 문제이다. 자손들 욕심에 발복(發福)할 묏자리를 찾아 이장을 하느라 곤욕을 치르니 자손이 그렇지 않았더라면 묏자리는 편했지 않겠느냐는 심사를 드러낸다.

물론 자손들도 할 말은 있을 것이다. 어떻게든 우리가 잘 되어야 조상님을 더 명예롭게 할 게 아니냐는 식으로 말이다. 마치 요즈음 부모들이 어린 자식들을 이 학원 저 학원으로 뺑뺑이 돌리면서도 이게 다 너희들을 위한 것이라는 식으로 포장하는 것처럼, 죽어서의 집자리가 요리 돌려지고 저리 돌려진다. 죽은 조상을 신격으로 여기던 상황에서 조상신의 명조(冥助)를 바란 까닭이다. 그런데 이는 꼭 어느 한

가문에서만 그런 것도 아니며 구시대의 유물만도 아니다. 지금도 이름깨나 날리는 인사들이 무슨 때만 되면 검은색 정장을 입고 윗대의 무덤 앞에 나아가 비장한 각오 반, 낯 뜨거운 자랑 반을 뒤섞곤 한다. 그러나 그렇게 죽은 이 앞에 나아가 현란한 계보를 자랑할 시간에 무언가 새로운 성취를 하여 자신의 계보가 절로 빛나도록 하는 게 백배는 나을성싶다. 그것이 이미 돌아가신 분들의 편안히 잠들 권리를 보장해드리는 최소한의 도리일 테다.

다 떠나서 죽고살기로 싸울 일이 있을 때만 나타나서 정통성을 들먹이며 다른 패들을 욕보이기에 바쁜 행태라면, 대체 어느 영혼이 기꺼이 손 내밀어 도와줄 것인가. 후손이 더 빛내주지 못할 계보를 앞세워 그저 후손을 더 빛내달라고만 떼를 써도 들어주는 조상이 있다면 이미 조상신의 반열이 아니라 세상을 어지럽히는 잡신에 불과할 것이다. 아무리 팔이 안으로 굽는다지만 제 팔 굽혀 제 얼굴을 쳐서야 되겠는가 말이다.

슬기로운 가정생활

대학에 있다 보니 주례 설 일이 왕왕 있다. 선뜻 나설 주제는 못 되어도 제자들이 부탁을 하는데 그냥 말 수는 없는 일이다. 주례사를 준비하여 열심히 말을 해보지만 듣는 사람들이 그다지 많아 보이지 않는다. 그래도 젊은 부부가 어떻게 살아야 한다 말할 때는 좀 자신이 있지만, 양가 부모님께 어떻게 하라는 둥 가정생활에 훈수할 때는 공연히 뒤통수가 따갑다. 나도 잘하지 못한 일이기 때문이며, 또 누구에게나 어려운 일이기 때문이다.

우리 설화 가운데 〈의 좋은 동서〉가 있다.

> 형제가 살았는데 형은 부자고 동생은 가난했다. 추수철이 되어 며느리 둘이 멍석에 나락을 펼쳤는데 형 나락은 많고 동생 나락은 적었다. 시어머니는 작은아들이 못사는 게 딱해서, 큰아들네 멍석에 있는 나락을 작은아들네 멍석 쪽으로 몰래 옮겨두었다. 그러나 둘째 며느리는 자기집 몫만 거두어가고 나머지는 멍석에

그대로 두었다. 이 광경을 지켜본 큰며느리는 무슨 수를 내야겠다고 생각했다. 그래서 남편에게 취하도록 술을 먹인 후 시동생에게 논 문서를 건네주었다. 술에서 깬 큰아들은 동생에게 무슨 영문인지 물었다. 그러자 동생은 형수가 일러준 대로 어제 술에 취해서 형이 자기에게 논 문서를 주었다고 대답했다. 그때 큰며느리가 나서서, '남아일언은 중천금'이라며 시동생 편을 들었다. 이 이후로 두 형제는 모두 번창하여 잘 살았다.

어쩌면 이 전 과정 속에 해답이 들어있는지 모르겠다. 똑같은 자식인데 한 자식은 가난하게 사는 것을 안타깝게 여기는 어머님의 마음과, 비록 형제간이지만 자기 몫보다 더 온 나락을 받으려 하지 않는 작은며느리의 마음, 그 딱한 사정을 보고 특단의 대책을 세우는 큰며느리의 마음, 선의에서 나온 형수의 제안을 수용하는 동생의 마음, 술김에 저지른 일임을 핑계 삼아 동생 살림을 보태주려는 형의 마음이 아름답게 얽혀있기 때문이다. 만약 그 가운데 어느 하나라도 삐끗한다면 해결은 고사하고 더 얽히고 말 것이다.

어려운 누군가를 위해서 무언가를 하고 그로 인해 화목하게 되는 이야기는 흔하다 못해 진부한 편이다. 그러나 누군가를 위해 마음을 쓰는 일 못지않게, 그 마음을 열린 자세로 받아들이는 일이 얼마나 중요한지 아는 사람은 그리 많지 않은 것 같다. 항간에 "나 때는~"하고 시작하는 말에 거부반응을 보여 '라떼'로 조소하는 일이 왕왕 있다. 세상이 너무 빨리 변하는 상황에서 이미 지나간 세상의 경험으로는 복잡한 현실을 타개하는 데 별 도움이 안 된다는 생각 때문이다. 그러나 어떤 집단에서거나 일부 구성원의 노력과 희생이 온전한 힘을 발휘하기 위해서는 나머지 구성원들을 전폭적인 협조와 지원이 수반되어야 하는 것은 동서고금 불변의 진리이다.

가정이 직장도 아닌데 식구들 문제에 시시콜콜 끼어들 필요가 없다고 생각한다면 상황은 더욱 복잡하게 꼬인다. 피를 나누고 생활을 함께 하는 사이여서 서로에 대해 너무도 잘 아는 것이 가족이지만 잘 알 거라 짐작해서 그냥 넘어가느라 속내는 모르면서 아는 것처럼 착각하는 것도 가족이기 때문이다. 돌아보면 서로의 마음을 너무도 잘 안다고 여겨 절로 풀리기를 기대만 하다가 희망이 절망으로 바뀌어 돌이킬 수 없는 상태에 이른 예가 허다하다. 근본 없는 올곧음과 대책 없는 자존심으로 일을 그르친 적이 얼마나 많은지 새삼 부끄럽다.

지성이와 감천이

옛날, 감천이와 지성이가 살았는데, 감천이는 맹인이었고, 지성이는 앉은뱅이였다. 둘은 아주 친해서 어디를 가든 함께 다녔다. 감천이가 지성이를 업고 다니면서 서로의 눈과 다리가 되어주었다. 어느 날, 둘이 길을 가다가 금덩이를 하나 발견했다. 그러나 서로 양보하기에 바빴다. “네 눈이 없었다면 못 찾았을 테니 네가 가져.”, “내 다리로 여기까지 안 왔다면 찾지 못했을 테니 네가 가져.” 둘은 그렇게 실랑이를 하다가 그냥 있던 곳에 놔두기로 했다.

그렇게 둘이 다니다 장돌뱅이 하나를 만났는데, 장사가 잘 안 돼서 심통이 난 듯했다. 둘은 그 장돌뱅이가 매우 딱해보였다. 그래서 저쪽으로 가면 금덩어리가 있을 테니 가져다 쓰라고 했다. 그러나 장돌뱅이가 그곳에 가보니 금은커녕 뱀만 한 마리 있을 뿐이었다. 그는 화가 나서 가지고 있던 칼을 꺼내 뱀을 두 동강 냈다. 그는 곧장 지성이와 감천이에게 되돌아가서 화풀이를 했다. 이상하게 생각한 지성이와 감천이가 그곳에 가보았을 때 금덩이가 둘로 나뉘어 있었다. 둘은 금덩이를 사이좋게 나누어 가졌다.

그 뒷얘기는 들으나마나이다. 부자가 되어 잘살았다는 걸로 끝내면 그만일 것이다. 그러나 〈지성이감천이〉라는 제목의 이 이야기는 조금 다르다. 그래서는 애써 살아온 보람이 적기 때문이다. 지성이와 감천이는 그 금을 가지고 절에 갖다 바쳐 치성을 드리고, 지성이는 일어서고 감천이는 눈을 떴다. 그들은 서로의 부족한 부분을 채워주고, 남에게 양보하기 바쁘며, 저만 못한 이에게는 도움의 손길을 뻗었으며, 제 몫의 복마저 세상으로 되돌릴 때, 불행이 말끔히 씻긴 것이다.

이야기니까 그렇지 실제 이런 일이 있겠느냐고 반문할 필요는 없다. 실제 가능한 일만 이야기로 만들 것 같으면 세상 재미없는 게 이야기일 터이다. 문제는 '지성'과 '감천'의 수준과 깊이다. 제 한 몸만 잘 되게 비는 지성이라면 이기심과 별반 다르지 않다. 착하게 살 테니 복을 달라고 빌면서도, 친구에게 양보하거나 어려운 사람을 불쌍히 여길 줄도 모른다면 위선과 기만에 지나지 않는다. 장돌뱅이는 이장 저 장 돌아다니며 물건을 파는 장사꾼이니 신세가 고달플 게 틀림없다. 그러나 제 힘으로 세상을 나다닐 수도 없는 지성이와 감천이에 대자면 훨씬 더 나은 상황이 분명하다. 정말 어려운 사람이 덜 어려운 사람의 어려움을 헤아리기는 어렵고도 어려운 일이나 지성이와 감천이는 그 어려운 일을 해냈다.

여기에 덧붙여서 또 하나 간과해서는 안 되는 것은, 금을 모으는 것이야 인간의 노력 안에서 이루어지지만, 맹인이 눈을 뜨고 앉은뱅이가 일어서는 기적은 하늘의 몫이라는 사실이다. 정말 어려운 일은 여느 인간들의 힘으로는 되지 않는 법, 기적을 불러올 묘수가 필요하다. 어지간한 감천이 아니고야 이루기 어려운 일이라면, 간절한 소원이라며 입으로 빌어대기만 해봐야 말짱 헛일이다. 우여곡절 끝에 각각의 몫으로 나뉜 금덩이를 제 몫으로 받아들이지 않고 끝내 절에 희사하는 갸륵한 마음씨를 보였다. '자비(慈悲)'가 통상 자신보다 못한 대상에 대한 마음씀으로 통용된다면, 지성이와 감천이는 금덩이를 절에 바치는 순간부터 그 이전보다 훨씬 뛰어난 존재로 거듭난 것으로 보아도 무방하다.

흔히들 "지성이면 감천"이라지만, 이야기 속 지성이와 감천이는 뗄 수 없는 친구이니 지성이 곧 감천이고 감천이 곧 지성이다. 어느 시인 말마따나, "네가 웃고 있구나, 나도 웃는다. / 너는 울고 있구나, 나도 울고 있다."(정현종, 〈다시 술잔을 들며 -한국 내 사랑, 나의 사슬-〉)의 아름다운 그 관계.

글이구 뭣이구

옛날 나그네 셋이 길을 가다가 메추리 한 마리를 잡았다. 메추리란 게 워낙 작아서 한 사람이 먹기도 모자랄 판이니 셋 다 먹겠다고 덤볐다가는 입맛만 다시고 말 참이었다. 그래서 한 사람이 다 먹기로 합의는 보았는데 어떤 방식으로 할 것인가가 문제였다. 마침 두 사람은 글을 잘하는 사람이었고 한 사람은 까막눈이었다. 그래서 글 잘하는 두 사람은 시를 먼저 짓는 사람이 먹자고 했는데, 까막눈은 억울했지만 상대가 둘이고 보니 꼼짝없이 그렇게 할 수밖에 없었다. 글 잘하는 사람 둘이 시의 운자로 합의 본 것이 '구'자였다. 둘은 머리채를 좌우로 흔들어가며 시상에 빠져 있는데, 별안간 까막눈이 나서더니 소리를 질렀다. "글이'구' 뭣이'구' 먹'구' 보자."

누가 한시를 짓자고 한 것도 아니고, 운자(韻字)를 맞추기만 하면 된다고 생각하여 지어낸 국문시였다. 까막눈은 눈앞의 메추리를 날름 먹어치웠고, 유식한 두 사람은 멍하니 보는 수밖에 없었다. 민담을 향유하는 계층은 대체로 식자층이 아니었을 터여서 이 이야기에는 식자층에 대한 반감이 들어있다. 그들이 글 좀 짓네 하면서 거드름을 피우며 글 못하는 사람 타박이나 하는 데 싫증을 넘어 넌덜머리가 났을 것이다. 특히 실용성이 하나도 없어 보이는 일을 공부라고 하면서 세상 모든 일을 훤히 아는 듯이 유세하던 꼴을 묵묵히 받아넘기는 데 한계가 왔는지도 모른다. 이상한 일이지만 무언가 없는 사람 앞에만 서면 있다는 사람들의 허세가 더 심해지는 것 같다. 돈 없는 사람 앞에서는 돈 자랑하기 일쑤이고, 가방끈 짧아 보이는 사람 앞에서는 쓰지 않던 외국어를 남발하곤 한다.

이런 견지에서 남들이 저만 못한 것이 이미 드러난 상황에서 구태여 그것으로 경쟁하여 승수를 쌓아보겠다는 심사가 고약스럽기도 하지만, 한편으로는 딱하기 그지없다. 그런 심성이라면 저보다 나은 사람 앞에서는 오금도 못 펼 처지가 훤하기 때문이다. 만약 이야기 속에 등장하는 유식한 사람 둘보다 월등한 글재주를 가진 사람이 나타난다면 그때는 자신들의 알량한 재주가 헛것이 되고 말 것이다. 시를 먼저 짓는 사람이 먹자고 하든, 잘 짓는 사람이 먹자고 하든 저희들 몫이 되긴 글렀다 불평할 게 뻔하다. 그러니 이 이야기는 일차적으로 저보다 못한 사람 앞에 공연히 으스대지 말라고 경계하는 것으로 새기면 된다.

또, 내친 김에 하나 경계할 게 있다. 만약 이 이야기에서 한시를 짓자고 한 것이 정당한 겨루기로 성립한다면, 한시의 작법을 무시한 채 한시라고 우겨서는 곤란하다는 점이다. 그렇게 되는 순간, 자신이 글을 못한다는 이유만으로 오랜 시간 공들여 공부한 시작법을 쓸모없는 헛것으로 내몰 위험이 있다. 이야기에서는 구체적인 제약이 없어서 그냥 넘어갔지만, 시가 갖추어야 할 일정한 요건이 제시된 경우라면 시가 아닌데도 시라고 우기면서 도리어 제대로 된 시를 쓰려 한 사람을 나무라서는 안 된다는 말이다.

이렇게 보면 이 이야기는 양극단의 위험성을 동시에 일러주는 듯하다. 즉, 실용성이라고는 전혀 없는 헛된 지식을 추구하느라 배를 곯는 축과, 지식은 쌓지 못했어도 실용성을 추구하여 일단 배불리 사는 두 축 말이다. 물론 당장의 요기를 위해서야 후자가 백번 낫지만, 긴 안목에서 보자면 전자의 효용 역시 무시할 수 없겠다. 그러니 이왕 우리말로 글을 지을 바에야 내용이라도 좀 그럴싸하게 늘어놓았으면 어떨까싶다. "글도 짓'구' 먹기도 하'구', 너 좋구 나 좋'구'." 그렇게 하면 혹시 또 아나. 메추라기가 한 마리가 아니라 세 마리가 나타나 줄지.

받자의 기술

우리말에 '받자'라는 게 있다. 사전에 있는 대로 "남이 괴로움을 끼치거나 여러 가지 요구를 하여도 너그럽게 잘 받아 줌"이라는 뜻의 명사이다. 그 반대의 '주자'라는 명사가 없는 걸 보면, 우리문화에서 어쩌면 주기보다 더 어려운 게 받기, 더 정확하게는 받아내기일지도 모르겠다는 생각이 든다. 그런데 실생활에서는 부당하다거나 불이익으로 여겨지는 일은 한사코 거부하기만 하는 데서 문제가 불거지기도 한다.

우리 설화 가운데 효자를 따라 하다 불효자가 되는 이야기 같은 경우가 그런 예이다. 한 동네에 효자와 불효자가 살았는데, 불효자 또한 사람인지라 효도를 해보고 싶은 마음이 없지 않았다. 그러나 불효자는 어떻게 해야 효도하는지를 몰라서 효자 집에 가서 배워보기로 했다. 일종의 효도 견학이었다. 마침 엄동설한이었는데, 효자는 이른 새벽에 일어나서 군불을 땠다. 아침밥 집을 때는 아직 멀었지만 혹시라도 노부모께서 추위에 감기라도 드실까싶어 구들장을 덥혀놓은 것이다. 다음으로는 방에 들어가서 아버지 옷을 제 몸에 걸쳤다. 노인인 아버지가 차가운 옷을 입고 문밖에 나섰다가 변을 당할 수도 있기 때문이었다.

그 모습을 가만 보고 있던 효자는 이내 자신감에 생겼다. 저 정도의 일이라면 못할 게 없었다. 당장 그 다음날 실행에 옮겼는데 결과는 영 딴판이었다. 군불을 때서 아랫목이 따뜻해지자 아버지는 칭찬은커녕 지청구를 해댔다. “땔감 귀한 줄 모르고 군불을 때다니!” 다음으로 아버지 옷을 걸쳤더니 이번에는 온 마을이 떠들썩하게 호통을 쳤다. “아이고, 이 녀석이 불효를 하다하다 이제 버릇없이 애비 옷까지 입고 나서는구나!” 불효자의 효도 실험은 그렇게 식전 아침을 넘기지 못하고 끝나버렸다.

최상급의 투수에게는 피나는 투구 능력도 필요하지만 또 얼마간은 좋은 포수가 있어야 한다. 포수가 투수의 마음을 잘 헤아려 이끌어주고 어떤 공이든 잘 잡아내준다는 믿음이 있을 때, 제 역량을 십분 발휘할 수 있기 때문이다. 판소리 공연장에 아무리 관객이 많이 들어차도 귀명창이 없는 객석이라면 명창의 신명은 반감되기 마련이다. 좋은 공을 던지기 위해서는 잘 받아내는 사람이 있어야 하고, 좋은 소리를 듣기 위해서는 잘 들어주는 귀가 있어야 한다는 사실이 새삼 절절하다. 이야기에서처럼 누구에게는 효도였던 것들이 누구에게는 불효가 된다면, 효자와 불효자가 따로 있는 게 아니라 효자 아버지와 불효자 아버지가 따로 있는 것과 별반 다르지 않다.

주변을 살피면 제게 너무 관심이 없거나 지나친 요구를 하는 게 문제라는 한탄이 적지 않다. 그런 탄식이 들릴 때마다 되도록 합리적인 요구를 하고, 가능한 한 큰 관심을 보이는 노력을 펼치는 게 우선순위이다. 그러나 한편으로는 받자를 제대로 못해서 생긴 낭패 또한 적지 않을성싶다. 수용하기 불편한 요구에 의심부터 하려 들지 말고, 때로는 속는 셈 치고라도 받자를 해보는 게 어떨까싶다. 이런 자세는 가까운 사이일수록 더욱 절실한데, 그도 그럴 것이 어차피 남남인 사이에서야 그렇게 괴로움을 감내하면서까지 받자를 안 해도 좋은 관계를 맺을 만한 사람을 구하면 그뿐이다. 그러나 부모자식이나 형제, 수십년 지기처럼 섣불리 그만 둘 수 없는 관계에서라면 잠깐의 괴로움으로 오랜 기쁨을 얻을 비책을 마다할 까닭이 없다.

고작 장작 몇 개 아까워하는 마음에 자식의 본의를 곡해한다면 효도를 받을 자격이 없을 터, 오래 전 카피 문구를 하나 패러디해보자. "자식은 부모 하기 나름이에요." 물론 꼭 다 그런 것은 아니더라도, 효도 받을 부모에 효자 자식 난다.

해서(楷書)와 초서(草書) 사이

아버지께서 돌아가실 무렵, 특별히 남기고싶으신 말씀을 여쭌 일이 있다. 그때 아버지께서는 꼭 두 가지 당부를 하셨는데 그 중 하나가 필체였다. 공부를 했다는 자식의 필체가 영 엉망이라 여기셨기 때문이다. 그러나 수십 년이 지난 지금껏 여전히 남들이 알아볼 수 있게나 쓰라는 핀잔을 듣기도 하는 형편이니, 아름답게 쓰는 것은 언감생심이다. 그런데, 글씨를 너무 잘 쓰는 바람에 곤욕을 치른 이도 있었던 모양이다.

> 옛날에 행서와 초서를 잘 쓰는 사람이 하나 있었는데 왕희지의 서첩을 공부했다. 그는 아침을 굶은 채 친구에게 편지를 휘갈겨 써 보내서 쌀을 구걸했다. 그러나 친구는 저녁이 다 되도록 편지를 보고도 무슨 말인지 알아보지 못하여 쌀을 주지 않았다. 이 때문에 그 집 부엌에서는 연기가 나지 못했으니, 행서와 초서를 잘 쓰는 것이 대단하지 않은 것은 아니지만 남들이 알아보지 못하는

데야 어쩌겠는가.(이덕무, 〈족질 광석에게 보내는 편지〉)

굶어가며 보낸 편지에 왕희지의 초서라니 코웃음을 칠 일이다. 그러나 점잖은 이덕무가 조카뻘 되는 아랫사람에게 이런 내용을 보냈을 때는 그만한 이유가 있었겠다. 이광석은 무엇을 하든 기이함을 추구하는 스타일이었던 듯하여, 그가 쓴 글을 예닐곱 번씩 읽어도 잘 모르겠다는 것이다. 천하의 대선비인 이덕무가 읽어서도 이해가 안 될 때는 잘못된 것이기 십상이다. 이 점에서, 위의 편지는 자기만의 세상에 빠져서 놀다 보면 세상사람들과 등지게 될 수 있으니 경계하라는 뜻으로 새겨둘 법하다.

물론 시대를 앞서 가거나 여느 사람보다 빼어난 능력이 있는 이라면 여간해서는 알 수 없는 새로운 경지를 개척하는 경우가 없지 않다. 아니, 뛰어난 예술가 중에 그렇지 않은 이를 꼽는 게 더 어려울 정도이다. 그러나 글씨에 국한한다면 사정이 다르다. 글씨는 일단 뜻을 전달하는 데 1차적인 소용이 있는 것이어서 판독이 불가능하면 실격이기 때문이다. 특히 위의 사례처럼 생필품을 구하는 것 같은 실용적인 목적이 분명한 경우라면 더 말할 나위가 없고, 목표에 도달하지 못했다면 긍정적으로 보기 어렵다.

그렇다고 해서 오해는 금물이다. 초서를 알아보는 이가 적다고 그 쓰임새마저 없는 것도 아니며, 알아보기 힘들다고 아름다움이 떨어지는 것도 아니다. 가령 빠른 시간에 많은 글자를 옮겨야 할 때나 큰 격식을 차리지 않고 간단한 편지를 쓸 때 초서는 요긴한 수단이 된다. 그러나 문제는 제대로 배우지 않고 휘갈기기만 해서 알아볼 수 없다거나, 제 공부가 부족해서 못 알아보는 줄은 모르고 글씨 쓴 이만 탓하는 데 있다. 세상만사를 쓸모 있는 것과 쓸모없는 것으로 가리기 시작하면 그처럼 팍팍한 일이 없다. 쓸데없는 일 그만하고 유용한 일을 하라고 다그쳐대기만 하는 데야 무슨 특별한 대책이 있을까싶다.

누구나 알아볼 수 있는 해서를 잘 쓰면서도 행서와 초서로 예술의 경지에 이른 사람이라면, 기꺼이 그들의 유용함을 인정해야만 한다. 나중에는 제가 휘갈기고 못 알아먹을, 아름답지도 않은 글씨를 예술이라 우기는 일에 주의하는 한편, 실용성의 잣대만으로 예술의 가치를 폄훼하는 일은 없는지 살필 일이다. 이럴 때는 예전에 만났던 어떤 시인이 부럽다. "선생님께서는 난해시와 엉터리 시를 구별하십니까?" 내가 그렇게 여쭈었더니, 그분은 성큼 대답하셨다. "암요, 당연하지요." 참 어렵다.

장광설(長廣舌) 유감

'경박단소(輕薄短小)', 글자 그대로 가볍고 얇고 짧고 작은 것을 말한다. 흔히 상품을 유통하는 데 있어서 잘 팔리는 아이템의 특성으로 그 넷을 든다. 책 또한 상품의 속성을 지니는 한, 그쪽으로 내몰리는 형편이고 보면 아쉽다. "조선말은 끝까지 들어봐야 안다."는 속언이 괜히 나오지 않았을 터, 누구나 단번에 알아챌 말만으로 온전히 표현해내기란 여간 어렵지 않기 때문이다.

김삿갓이 어느 환갑잔치에 가서 시를 지었는데, 첫 구부터가 매우 도발적이었다. "저기 앉은 노인 사람 같지 않구나(彼坐老人不似人)."로 시작했던 것이다. 잔치의 주인공더러 사람 같지 않다니 얼마나 기가 막힌 말인가. 사람들이 발끈 했을 것은 뻔한 일. 시인은 짐짓 그 다음 구를 이어나갔다. "천상에서 내려온 신선인가 의심스럽네(疑是天上降眞仙)." 그제야 사람들의 낯빛이 환해졌고 시인은 다음 구를 냈다. "그 중 일곱 아들은 다 도둑이로고(其中七子皆爲盜)." 자식들이 노발대발할 것은 당연한 이치. 그러나 시인은 시치미 떼고 마무리 지었다. "신선

의 복숭아를 훔쳐다 환갑잔치에 바쳤네(偸得王桃獻壽筵).”(〈환갑연(還甲宴)〉)

취락펴락 하는 솜씨가 예사롭지 않다. 한 구절을 읊어서 사람들을 화나게 하고는 다음 구절로 이내 풀어버린다. 풀어내기만 하는 게 아니라 앞 구절의 불쾌함 덕에 더욱 유쾌해지는 맛까지 지녔다. 그런데 유감스럽게도 요사이는 이런 기법이 먹혀들기 어려울 것 같다. 제 마음에 맞지 않는 대목을 만나면 발끈하기만 하는 게 아니라 면전에서 즉각 모욕을 주든가, 인터넷상이라면 대뜸 악플을 달고는 다른 페이지나 사이트로 옮겨가기 때문이다.

부처님을 드러내는 신체적 특성이 여럿 있는데, 혀도 그 중 하나이다. 부처님의 혀는 유난히도 길고 넓었다고 한다. ‘장광설(長廣舌)’은 그런 부처님의 혀를 나타내는 말이며, 그 혀로 주옥같은 말씀을 막힘없이 미려하게 내뿜었을 것이다. 보통사람의 깜냥으로 부처님 흉내라도 내기 어렵겠지만, 상대의 말이 조금만 길어진다 싶으면 “장광설 집어치우고~”라며 말허리를 끊고 들어오는 데야 속수무책이다. 물론 쓸데없이 길이만 길거나 알맹이 없는 요설에 그친다면 막아서는 게 당연한 일이지만, 미리 길이를 정해두고 그 이상은 용납할 수 없다는 식의 태도라면 확실히 문제이다.

이 가벼운 세태 속에서 두꺼운 책 대신 얇은 책이, 책 대신 동영상이 인기를 끈다. 5분짜리 동영상도 길다며 더 짧은 형태의 영상들이

활보하는 가운데, 이제는 한 시간짜리 드라마도 온전하게 볼 수 없다는 사람들까지 등장한 모양이다. 물론 간단하게 추려서 요약만 해도 어지간한 내용들은 알 수 있다고들 하겠지만 세상일이 그리 간단치 않다. 그것이 무엇이었든간에 누군가가 요약해준 내용이라면 이미 본연의 그 무엇은 적잖이 손상이 되었을 터이고, 무엇보다도 요약된 부분만을 쌓아서는 풍성한 내용을 창조해낼 수 없기 때문이다.

무겁고 두텁고 길고 큰 '중후장대(重厚長大)'를 견디거나 기다리지 못한다면 경박단소의 소용은 더욱 짧고 작을 듯하다. 그런데 중후장대한 것을 제대로 즐길 여유가 없다는 사람들을 가만 보면 크게 바쁜 것이 아니라 경박단소한 것들을 여러 개씩 즐기느라 짬이 없는 게 아닌지 의심스럽다. 가령 500페이지짜리 책을 5분짜리 요약 동영상으로 대신하고 나서 남는 시간을 다시 또 자잘한 동영상을 보는 데 소비하는 식이다. 경박단소의 발랄함을 살리기 위해서라도 한 템포 늦춰 다음 말을 기다려주는 진득함과 여유가 그립다. 오랜만에 만난 벗이 신나서 혼자 떠드는 두 시간이나, 지난주에 아무 일 없이 만났던 벗이 오늘은 우울하게 입 닫고 있는 한 시간이 다 소중하다.

집을 떠난 홍길동

고등학교 때 교과서에서 배운 〈홍길동전〉 단원의 제목이 '집 떠나는 홍길동'이었다. 농경사회인 만큼 정착생활에 가치를 두는 분위기에서 집을 떠나는 일은 부정적일 수밖에 없겠지만 홍길동에게는 남다른 능력이 있었다. 특별히 어디서 배운 것도 아닌 듯한데 『주역』을 읽으며 불길한 징조를 알고 둔갑법을 행하여 바깥 동정을 살펴 위협을 벗어날 수 있었다. 그만한 재주가 있다면, 태생이 천하다는 이유로 아버지를 아버지라 부르지 못하는 한을 품은 그로서 집을 떠나도 넉넉히 할 일이 많을 것이다.

가정에서의 적서 차별에서부터 출발한 문제의식이 지방 관아의 학정으로 옮겨가고, 급기야 중앙 정부의 무기력함까지 파헤치는 데 이르면 당대 사회의 문제를 잘 짚어낸 문제작임에 틀림없다. 홍길동이 지방관아를 칠 때도 "함경 감사가 탐관오리로 준민고택하여 백성이 다 견디지 못하는지라. 우리들이 그저 두지 못하리니~"로 사설을 길게 빼는 것은 그가 의적임을 분명히 하려는 처사이다. 관가의 재물을 약탈하는 게 아니라 백성들로부터 빼앗아간 것을 되돌려 받는 정당한 절차라는 뜻이다.

그러나 홍길동의 뒤를 좇다보면 수상쩍은 행적도 제법 있다. 동굴 속 괴물을 물리친 것까지는 좋지만 괴물이 납치해간 여자들을 시첩으로 받아들인다. 또, 또렷한 명분 없이 해인사를 털어서 "홍길동이 합천 해인사 털어먹듯 한다."는 속담을 만들어냈다. 홍길동이 정승집 자제임을 내세워, 밥에 모래를 넣었다는 생트집으로 해인사를 유린하는데, 천출이라는 이유로 부당한 대우를 받은 데 분노하던 인물의 행보로는 아귀가 맞지 않는다. 국가기강이 무너진 것을 조롱하던 그가 병조 판서를 제수 받고는 조용히 물러나 율도국으로 발걸음을 옮기는 것도 수상쩍다.

큰 뜻을 펼치려면 집을 나서야만 한다. 때가 되면 더 큰 무대가 기다리고 있기 때문이다. 그러나 왜 집을 떠났는지 잠깐만 놓치고 나면 자가당착을 면하기가 쉽지 않다. 요즘에는 뜸하지만 예전에는 각종 시험에서 수석한 이들의 인터뷰가 큰 관심을 끌곤 했다. 그럴 때마다 나오는 이야기는 한결같았다. 억울한 서민들을 위한 법률구조에 발벗고 나서겠다거나 무의촌에서 봉사하겠다는 식의 당찬 포부가 줄줄이 나왔다. 그러나 그렇게 일찍부터 한 분야에 두각을 나타냈던 사람들 가운데 끝까지 그런 자리를 고집했던 사례가 생각만큼 많지는 않은 것 같다. 살다보면 처음의 생각들이 바뀌는 게 순리이기도 하겠지만,

어쩌면 처음부터 그런 뜻이 없었던 게 아닌지 의심스러울 정도이다.

홍길동은 분명 적서차별에 통분했지만 정식 혼례도 올리기 전에 첩장가부터 들고, 폭압에 저항하던 손으로 약한 이를 짓밟았다. 항간에 유행하는 '내로남불'은 그 말이 신조어일 뿐이지 뿌리가 너무도 깊고 오래다. 선거판이 되면 어김없이 내걸리는 신당의 깃발이거나, 새 정부가 들어서면 요란스럽게 떠벌리는 개혁의 기치가 수 년도 못 되어서 기억에서 사라지는 까닭도 거기에서 멀지 않다. 큰 일을 이루고자 던진 출사표가 명문이 되고 안 되고는 문장력에 달린 것이 아니라 군사를 이끌고 치러낸 성과에 달려있는 법, 집 떠나는 홍길동은 멋있었으나 집 떠난 홍길동은 왠지 찜찜하다.

당찬 포부를 안고 집을 떠났던 그 많은 홍길동들은 어디서들 무얼 하고 지내는지 궁금하다. 여전히 호부호형을 못하는 각골통한의 백성들을 위해 뛰어다닌다고 하겠지만 피부로까지 잘 느껴지지 않는다. 도심 어디를 가든 네거리를 가득 메운 정치구호들이 또 다른 홍길동들을 격발시키는 가운데, 어쩌면 탐관오리보다 더 많은 홍길동들에 지쳤기 때문인지도 모르겠다.

4.

갈림길에 서서

거친 들판의 패랭이꽃

고려의 문신 정습명(鄭襲明)이 쓴 〈패랭이꽃[石竹花]〉은 시작부터가 도전적이다.

세상에선 붉은 모란 사랑들 해서　　世愛牡丹紅
울 안 가득 심어 놓고 보는 판인데　　栽培滿院中

화려한 모란꽃들을 좋아해서 뜰에 심어놓고 자신이 부귀영화하기를 바라는 사람들의 속내를 그려놓았다. 제목은 '패랭이꽃'인데 먼저 모란꽃을 들고 나온 것은 둘 사이의 강한 대비를 통해 패랭이꽃의 의미를 강화하려는 뜻이다. 그래서 시인은 그 다음을 이렇게 이었다.

그 누가 알겠는가, 거친 들판에　　誰知荒草野
아름다운 꽃포기가 또 있는 것을　　亦有好花叢

뜰 안의 화려함에 빠진 사람들의 시야에 들어오지 않을 야생화의 존재를 알렸다. 그러나 뜰 밖에 꽃이 있다고 해서 뜰 안의 꽃보다 나은 것도 아니며, 꽃 자체만으로야 뜰 안의 꽃이 더 예쁠 가능성이 훨씬 더 높다. 문제는 어느 쪽이 더 예쁘냐가 아니라 들에 핀 꽃의 특별함을 포착해낼 수 있느냐에 있는데, 시인은 그 안타까움을 이렇게 표현했다.

마을 못가 달빛 속에 빛깔 더 곱고　色透村塘月
언덕 숲 속 바람결에 향길 풍겨도　香傳隴樹風
곳이 외져 공자님들 거의 안 오니　地偏公子少
예쁜 태깔 밭둑 영감 차지가 됐네　嬌態屬田翁(송준호 역)

패랭이꽃은 시골에 가면 냇가 돌틈이나 길가에서 흔히 볼 수 있는 들꽃이다. 카네이션을 닮은 연분홍색의 소박한 모양이어서 시골 소녀들이나 더러 꺾어볼 법한 그런 꽃이다. 부귀영화에 골몰하노라면 패랭이꽃 같은 데는 눈길도 주지 않는 법이지만, 시골 영감만큼은 그것에 눈을 주고 즐긴다고 했다. 그런데 가만 보면, 이 시골영감이 사실은 패랭이꽃이다. 촌야에 묻혀 아무도 알아주는 이 없지만 제 빛깔과 향을 고스란히 간직한 채 담담히 있기 때문이다.

고려 예종(睿宗) 시절, 궁중의 내시가 이 시를 읊었다. 그러자 임금이 듣고 작가가 누구인지를 묻고는 "하마터면 숨은 선비를 버릴 뻔했다."하면서 시를 쓴 정습명을 불러내서는 요직에 앉혔다고 전해진다. 지금도 정권이 바뀔 때마다 인재 발탁에 심혈을 기울인다고는 하지만 가만 보면 대체로 뜰의 정원에 피어서는 대청마루의 주인을 향해 얼굴을 디밀고 있는 화려한 꽃들이었던 것 같다. 우연의 일치일 수도 있겠지만 화려한 꽃들은 다들 그 자리에 서있는지 모를 일이다. 웃으며 해바라기를 하고 있으면 민망해서라도 안 뽑을 것 같지만, 신기하게도 그런 꽃이라야 또 눈에 드는 모양이어서, 그 옛날 궁궐에서 오갔던 뜻밖의 장면은 보기 어렵게 되었다. 정말이지 세상에 천리마가 없는 게 아니라 천리마를 알아볼 사람이 없다는 옛말이 허언이 아닐성싶은데, 그래도 한 가지 위안이 있다면 예쁜 태깔 들꽃들이 우리 가까이에 있다는 사실이다.

여의주 두 개

세상살이가 만만치 않다. 마음대로 되지 않는 것이 도처에 널려있다. 이럴 때 여의주라도 하나 생겼으면 하는 엉뚱한 생각이 일기도 한다. 모든 일을 '뜻대로[如意]' 하게 해주는 '구슬[珠]' 말이다. 그래서 용이 여의주를 물고 하늘로 오르는 그림을 부적처럼 붙여두고는 이 피곤한 이무기 신세를 끝내고 하늘로 오르기를 염원한다.

옛이야기 가운데 그런 여의주 이야기가 있다. 〈구복(求福) 여행〉으로 알려진 이 이야기의 발단은 복 없는 나무꾼 총각이다. 그가 부지런히 나무를 해다 한 짐을 만들어놓으면 이상하게도 사라지고 마는 것이었다. 그는 대체 왜 그런 불행한 일이 생기는지 알아보기 위해 서천 서역국으로 길을 떠났다. 부처님께 따져볼 심산이었다. 길을 가면서 곤경에 처한 여럿을 만났는데 모두들 자기 일이 왜 안 풀리는지 꼭 물어봐달라고 했다. 과부는 자신의 혼처를 알아봐달라고 했고, 어떤 사람은 황금 세 관으로 꽃을 만들어 부처님께 바치려 하는데 잘 안 된다고 했다.

맨 마지막으로 큰 강을 건너지 못해 쩔쩔매던 터에 이무기가 하나 나타났다. 이무기는 총각의 사연을 듣더니 자기가 왜 승천을 못하는지 부처님께 알아봐주면 강을 건네주겠다고 했다. 총각은 그러겠다고 약속을 하고 강을 건너 부처님 앞에 갔다. 부처님은 총각은 타고난 복이 없어서 그런 것이며, 이무기는 여의주가 두 개여서 무거워서 못 가는 것이라고 했다. 총각은 길을 되짚어 돌아오다가 그 사실을 이무기에게 일러주었다 이무기는 총각에게 여의주 하나를 나누어주고 곧장 하늘로 올라갔다. 황금꽃이 안 되는 이유는 금이 한 관이면 될 것인데 너무 많은 탓이며, 과부의 혼처는 제일 가까이 있는 사람을 찾으라고 했다. 그 뒷이야기는 들으나마나. 여의주를 갖게 된 주인공은 황금 두 관을 받고 과부를 아내로 맞아 잘살았다.

문제는 여의주가 있고없고가 아니라, 우리의 '뜻[意]'이라는 게 종잡을 수 없다는 데 있다. 가령 "돈을 많이 벌어서 온 가족이 행복하게 살고싶다."는 소망은 물론 선한 뜻이다. 그러나 무리하게 돈을 벌기 위해 가족과의 단란한 시간들을 팽개치고, 필요 이상 많이 버느라 가뜩이나 가난한 이웃의 지갑이 더 얇아진다면, 어느 순간 우리 모두의 행복과는 멀어지게 된다. 그 간단해 보이는 소망에도 뜻이 하나가 아니라 둘이 들어있는 셈이다. 뜻이 그렇게 두 갈래로 갈라져 상충될 때, 부처님도 어쩌지 못하는 딱한 일이 벌어진다.

대구 팔공산의 갓바위에는 특이한 말이 전해진다. 갓바위 부처님께 소원을 빌면 꼭 한 가지는 들어준다는 것이다. 두 가지를 빌면 안 되겠냐 생각하겠지만, 사실 소원이 두 가지가 있다면 절실함이 적은 탓이겠다. 정말 간절한 소원은 딱 한 가지일 뿐일 테니 부처님의 영험함으로 그렇게 간절한 소원이라면 꼭 들어주겠다는 뜻이다. 물론 그 두 가지 소원이 서로 상충되지 않고 자연스럽게 따라갈 만한 것이라면 당연히 들어줄 일이나, 양손에 떡을 쥐고 어느 쪽을 먹을까 고민하는 배부른 소리거나 도저히 함께 할 수 없는 두 가지를 틀어쥔 채 미련을 두고 있는 경우라면 될 리가 없다.

손오공이 여의봉을 휘둘러 세상을 호령했으나 결국은 부처님 손바닥이었다. 원하는 뜻이 고작 제 힘을 과시하며 뻐겨대는 것인 한, 요괴를 물리쳐 세상을 평화롭게 하겠다는 건 어불성설이다. 만일 어떤 종교의 신자에게 천국이 어떤 곳이면 좋겠는가 물었을 때, 자신이 원하는 것을 줄줄이 늘어놓는다면 그는 절대로 참된 신자가 될 수 없다. 적어도 종교인이라면 자기가 모시는 절대자가 원하는 세상이면 된다고 말할 수 있어야 한다. 이래저래 지금 내게 여의주가 두 개 있다면, 그 중 한 개는 아마도 내 몫이 아닐성싶다. 물리쳐야할 요괴는 그리 멀리 있지 않다.

어느 말을 따를까

“일구이언(一口二言)은 이부지자(二父之者).” 그런 말을 겁 없이 쓰던 때가 있었다. “남아일언은 중천금(重千金).”도 마찬가지다. 말은 그만큼 신중하게 해야 하고, 자기가 한 말에는 책임질 줄 알아야 한다는 의무감이 작동한 까닭이다. 그런데 문제는 의무를 넘어 강박적으로 말을 지키려 들 때이며, 더 큰 문제는 어쩌지 못해, 어쩌다 보니 두 말을 하게 되는 경우이다. 이는 꼭 윤리성이 부족한 탓만이 아니라 기억력의 문제일 수도 있고 나이 들어 정신이 혼미해진 결과일 수도 있다.

> 중국 진(晉)나라의 위무자(魏武子)에게 애첩이 있었다. 그는 평소 아들 위과(魏顆)에게 나중에 자신이 죽게 되면 꼭 개가(改嫁) 시키라고 일렀다. 그런데 위무자의 병세가 깊어지자 말이 바뀌었다. 따라 죽도록 하게 하라는 것이다. 나중에 위무자가 죽자 위과는 아버지의 애첩을 개가시켰다. 병이 위중하면 정신이 어지러운 법, 아버지의 정신이 맑을 때의 명을 따라야 한다는 판단이었다.

> 진(秦)나라의 공격을 받아 위과가 왕명을 받들어 싸우게 되었는데, 어떤 노인이 나타나 풀을 묶어 매 적장(敵將)이 탄 말이 고꾸라지게 했다. 위과는 그 덕분에 적장을 사로잡아 승리할 수 있었는데, 그날 밤 꿈에 웬 노인이 나타났다. 자신이 바로 그 애첩의 아버지로서 위과의 은혜를 갚은 것이라고 했다.(『좌전(左傳)』)

많이들 알고 있는 '결초보은(結草報恩)' 고사성어가 나온 내력이다. 여기에는 서로 다른 말이 나왔을 때, 대체 어떤 말을 따라야 하는지가 분명히 드러난다. 다른 말이라면 몰라도 유언이라면 죽기 직전의 말을 따라야 할 듯싶지만, 지혜로운 위과는 반대로 했다. 세속의 윤리나 이해득실을 떠나 아버지의 본심이 가장 잘 드러나는 순간을 포착해냈던 것이다. 그것으로 아버지를 욕되게 안 하는 효도를 했으며, 불쌍한 서모를 순장(殉葬)에서 구했고, 자신의 목숨을 전장에서 살렸다.

그러나 세상에는 이상한 효자들이 제법 많다. 혼수상태에서의 유언이라도 제게 조금이라도 잇속이 있는 내용이다싶으면 덥석 취하기 일쑤다. 아버지가 맑은 정신에 약속했던 기부금 약속마저 혼수상태에서 번복하도록 종용하여 법정에 서기를 마다하지 않는다. 그러면서도 자신은 아버지의 뜻을 받들었을 뿐이라고 강변하곤 한다. 아버지든 직장 상사든, 윗사람을 잘 모시려면 윗사람을 욕보이는 일을 해서는 안 된다. 만일 윗사람의 지시대로만 따르는 것으로 아랫사람 책임이 모면된다면 아랫사람의 존재 이유는 그만큼 줄어드는 셈이어서 그런 아랫사람을 둔 윗사람에게 누를 끼치는 일이 된다.

이 점에서, 세상을 살아가면서 가장 달콤하면서도 위험한 유혹은 이 말일지도 모르겠다. "이것은 제 뜻이 아니라 윗분의 뜻입니다." 그러나 막상 그 윗분이 그 자리를 뜨게 되면 아랫사람의 가면은 단번에 벗겨지고 만다. 설령 만에 하나 윗사람이 부족하여 분별없는 말을 했다 하더라도, 아랫사람이 분별 있는 이라면 그로 인해 일을 그르치게 두어서는 안 된다. 이럴 때를 대비해서라도 윗사람은 늘 이렇게 말하는 게 좋겠다. "내가 잘못된 말을 하거든 언제든 말해주게나. 그리고 나중에라도 내가 정신이 흐려져서 다른 말을 하거든 지금 내가 한 말을 꼭 내게 일러주게나." 그러나 정말 고약스러운 일은, 괜찮다싶은 윗사람이 세상을 떠나 확인할 방법도 없을 때가 되면, 희한하게도 그때 바로 아래서 그분을 모셨다는 사람들이 여기저기서 나타나 이런저런 말을 옮긴다는 것이다. "내가 들었는데 말이지……."

요순(堯舜)과 걸주(桀紂) 사이

지금도 많이 쓰는 '요순시절'은 요(堯)임금과 순(舜)임금이 다스리던 때와 같은 태평성대라는 뜻이다. 이순신(李舜臣) 장군의 형 이름이 '요신(堯臣)'이었던 걸 보면, 당시에는 요임금이나 순임금 같은 훌륭한 임금의 신하가 되는 것을 평생의 큰 꿈으로 삼았던 것 같다. 그러나 중국에는 요순시절만 있던 것이 아니라 걸주(桀紂) 같은 폭군이 다스리던 난세도 있었다. 당연히 남의 신하가 될 바에야 요임금이나 순임금 같은 현명한 왕을 모시길 원했고, 걸임금이나 주임금 같은 못난 왕을 피하고자 애썼을 터이다.

조선의 선조(宣祖)가 어느 날 신하들에게 물었다. 자기를 옛날 임금들에 견준다면 어떤 임금이겠느냐는 것이다. 임금이 신하들에게 대놓고 묻는데 속마음을 제대로 드러내기는 힘든 법이다. 그래서 정이주(鄭以周)가 나서서 요순 같은 임금이라고 대답했다. 하지만 김성일(金誠一)은 달랐다. 요순 같은 임금이 될 수도 있지만, 걸주 같은 임금이 될 수도 있다고 했던 것이다. 임금의 안전에서 놀랄 만한 발언이 아닐 수 없었다. 선조는 요순과 걸주의 양극이 그리 먼데 어떻게 같을 수 있는가 되물었다.

김성일의 발언은 간단했다.

"전하의 자질이 고명하시므로 요순이 되기는 어렵지 않을 것이옵니다. 그러나 스스로 성인인 듯 여겨 신하들이 간하는 걸 막는 병통이 있사옵니다. 간하는 것을 막고 스스로 성인인 듯 여기는 것은 걸주가 망한 까닭이옵니다."

사태가 이쯤 되면 분위기는 걷잡을 수 없이 싸늘해지기 마련이다. 망한 임금의 사례까지 들며 임금을 훈계하려 든다는 혐의에서 자유롭기 어렵기 때문이다. 바로 이때, 유성룡(柳成龍)이 나섰다.

"둘의 말이 모두 옳습니다. 요순에 비교한 것은 전하를 인도하려는 것이며, 걸주에 비교한 것은 경계하려는 뜻입니다."(김시양(金時讓), 『자해필담(紫海筆談)』)

이야기 속의 세 신하 같은 그룹은 어느 조직에나 있음직하다. 지지와 칭찬에 여념이 없는 그룹, 견제와 비판 일색인 그룹, 양자 사이에서 중심을 잡아보려 애쓰는 그룹인데, 그 셋이 적절한 균형점을 찾는 조직이 비교적 건실하게 굴러가는 것 같다. 첫째 그룹이 없으면 출발의 추동력을 얻기 어렵고, 둘째 그룹이 없으면 잘못되어도 고칠 재간이 없으며, 셋째 그룹이 없으면 서로들 싸우다 날을 새게 된다. 그러니 그 셋이 솥의 세 발처럼 정립(鼎立)하는 게 여러모로 유익하다. 그러나 현실은 그런 이상과 많이 달랐다. 비판의 목소리를 강조했던 김성일은 일본의 침략 조짐을 오판하는 소리를 냈고, 요순 같다는 소리를 듣고자 했던 선조는 임진왜란을 맞아 피란길에 올라야 했으니 앎과 실천 사이에는 실로 엄청난 간극이 있었던 것이다.

대개의 이치란 것이 너무 간단해서 어리석은 이도 알아차리지만 이치대로 실천하기는 어려워서 성인도 버거워하는 일이 바로 그것이기 때문인데, 이를 두고 이황(李滉)은 이렇게 일갈했다.

> 우부(愚夫)도 알며 하거니 긔 아니 쉬운가
> 성인(聖人)도 못다 하시니 긔 아니 어려운가
> 쉽거나 어렵거나 중에 늙는 줄을 몰라라.

몰라서 못하는 것도 아니며 안다고 다 할 수 있는 것도 아니다. "내가 정말 알아야할 모든 것은 유치원에서 배웠다"는 어느 책의 제목이, 그 쉬운 걸 실천하느라 늙는 줄 모른다던 선현 앞에 머리 숙이게 한다.

같은 병을 앓더라도

주위에 병자들이 늘어간다. 정확하게는 늙어간다는 표현이 맞겠다. 으레 건강하냐고 묻는 게 인사이고, 명의를 알고 있다는 게 큰 자산이다. 특히 중한 병을 얻게 되면, 같은 병을 앓고 있는 사람들끼리 모임을 만들기도 한다. 거기에서 치료에 관한 정보도 얻고, 서로를 다독이며 위안을 받기도 한다. 같은 병을 앓는 사람끼리 '환우(患友)'라는 말을 쓰기도 하고 보면, 말 그대로 동병상련(同病相憐). 같은 병을 앓는 사람끼리 서로 불쌍히 여기는 게 인지상정이다.

그런데 정작 동병상련의 고사를 파고들면 일반인이 아는 상식과는 배치되는 내용이 눈에 띈다. 중국 오(吳)나라의 오자서는 본래 초(楚)나라 명문가 출신이지만 비무기에게 모함을 입어 집안이 망한 까닭에 오나라로 망명을 갔다. 그는 합려가 왕이 되는 데 공을 세움으로써 합려의 신임을 받아 대부에 임명되었다. 그런데 그때 공교롭게도 비무기의 모함으로 죽임을 당한 사람의 손자인 백비 또한 오나라로 망명해왔다. 오자서는 합려에게 백비를 추천하였고 합려는 그를 대부에 임명하였다.

합려가 백비를 맞이하는 잔치를 베풀자, 백비에 대해 탐탁하게 여기지 않던 사람이 오자서에게 주의를 주었다. 백비의 눈매나 걸음걸이를 보면 주저 없이 사람을 죽일 성품이니 친하게 지내지 말라는 것이었다. 그러나 오자서는 자기와 백비가 똑같은 원한을 지니고 있다면서 "같은 병을 앓으면 서로 불쌍히 여기고, 같은 근심이 있으면 서로 구해준다."는 옛 시를 인용하여 거절하였다. 후일 백비는 월나라에 매수되어 오나라를 멸망의 길로 빠지게 했고 오자서 또한 백비의 무고를 입어 분통하게 죽고 말았다. 동병상련의 인정에서 나온 은혜가 원수로 되돌아온 셈이다.

같은 처지에 놓인 사람들끼리는 설명 없이도 이해 될 부분이 많은 장점도 크지만, 처지만 같은 것을 사람조차 똑같은 것으로 오해하여 파생되는 문제도 만만치 않다. 특히 공동의 적을 눈앞에 두고 "우리가 남이가?"를 외칠 때, 폐쇄적인 결속력이 필요이상으로 강조되면서 정상적인 판단력에 장애를 일으키기 쉽다. 형제애를 과시하느라 만들지 않아도 될 적들을 늘려나간다면, 안타깝게도 형제의 칼끝이 적의 칼끝보다 먼저 들이닥칠지도 모른다. 같은 병이어서 마음이 쓰이는 것은 인지상정이겠지만, 병이 생긴 내력도 병이 작동하는 방식도 각자 다를 것인데 그만 뭉뚱그려 하나로 보기 때문에 오판을 하게 된다.

이 문제의 핵심은 의외로 간단하다. '동병'이어서 '상련'할 수는 있지만 같은 병을 가졌다고 같은 사람이 아니라는 것만 알면 된다. 같은 병을 가졌으니 유전적이든 환경적이든 비슷한 성향을 가졌을 것은 익히 짐작할 만하지만, 같은 병을 가졌으니 어떤 문제에서든 똑같이 반응할 것을 기대하고 또 그렇다고 여기는 것은 대단한 착각이다. 이게 어디 질병만의 일일까. 혈연, 학연, 지연 같은 온갖 인연이나, 같은 연령대, 같은 직장, 같은 취미, 같은 동호회 같은 온갖 집단 내에서의 비이성적인 가치판단에서도 대동소이하다.

병세의 조건이나 경중도 따지지 않고 그저 자기와 같은 병을 가진 사람들에게만 마음을 기울인다면 명의는 고사하고 제 몸 하나 건사하기도 버겁지 않을까싶다. 백번 양보하더라도, 같은 병을 앓는 사람에게 관심을 두느라 건강한 주변사람들을 잃게 된다면 손해가 이만저만이 아니다. 그들이야말로 어쩌면 몸 관리를 더 철저하게 한 모범적인 사람들이며, 그 가운데 더 좋은 인재가 숨어있을 확률이 훨씬 더 높을 것 같다. 내가 병을 앓고 있으니 같은 병 있는 이에게 마음이 쓰일 수야 있지만, 그 병 있는 사람이면 좋은 사람이라는 생각이 든다면 그때는 꼭 한 가지만 기억하면 된다. 몸의 병이 아니라 마음의 병이 문제라는 걸.

호랑이와 돌 사이

박지원(朴趾源)의 『열하일기(熱河日記)』에 보면 〈사호석기(射虎石記)〉가 있다. 한(漢)나라의 장수 이광(李廣)이 돌을 호랑이인 줄 착각하여 쏘았는데 돌이 화살에 꽂혔더라는 이야기가 전해지는데, 이 작품은 그 돌을 둘러보고 쓴 글이다. 박지원은 "한나라 비장군이 호랑이를 쐈던 곳이다."라는 알림 글귀를 소개하고는, 모년 모월 모일 "조선인 아무개가 보았다"는 짤막한 기록만 남겼다.

대단한 이야기가 되려면 조건이 딸린다. 여간해서는 있지 않을 일이고, 또 쉽게 반복되어서도 안 되는 것이다. 실제로 그 뒤로는 이광 자신을 포함하여 그 누구도 그렇게 하질 못했다. 만일 그랬더라면 그 돌은 화살촉이 박혀 고슴도치처럼 되었거나, 견디다 못해 가루가 되고 말았겠다. 이 이야기를 전하는 사람들은 그 마음가짐에 대해 관심을 갖는 것 같다. 호랑이라 생각하고 쏘면 호랑이처럼 되는 그 신비한 힘을 믿는 까닭이다. 내가 과연 이 일을 할 수 있을까 의구심을 가지면 되지 않을 일이지만, 비록 잘못 알았더라도 저것은 꼭 된다는 신념으로 일을 하면 이루어진다는 그런 스토리다.

그러나 이광의 삶은 그리 순탄치 못했다. 흉노와의 전투에서 혁혁한 공을 세워 명성이 자자했지만, 패배하여 평민이 되기도 했으며 모함을 받아 자결하고 말았다. 적어도 전공에서 그보다 못한 사람들 가운데 제후의 반열에 오른 사람도 있는 데 비하자면 의아한 일이다. 얼마나 날랬던지 날아다니는 장군이라는 뜻의 '비장군(飛將軍)'이 별호였지만, 그가 날아다닌 것은 전장에만 국한되었다. 사람들은 그렇게 좌절한 영웅에 대해 특별한 관심을 보이는데, 모르긴 해도 자신의 삶도 얼추 그와 비슷하다고 느끼기 때문일 것이다.

그러나 그렇게만 보면 왠지 진부한 느낌이 든다. 이광은 장신인 데다 팔이 원숭이처럼 길었다고 전한다. 남다른 장력으로 화살의 비거리를 높였겠고, 남들이 닿지 못할 거리에서 '원 샷, 원 킬'을 자랑했을 것이다. 헌데 쏘는 데 집중하는 것이야 권할 만한 일이지만, 쏘는 맛에만 빠지면 뒷감당이 어렵다. 그저 쏘기 위해 쏘는 자기도취에 빠지기 쉬운 까닭이다. 호랑이를 잡는 데 돌을 뚫을 만한 힘까지 쓸 필요가 있는지는 모를 일이나, 목표물만 보면 쏘아 넘어뜨려야 직성이 풀리는 호승심만으로는 멀리 가기 어렵다.

친목을 다지자고 운동경기를 하러 나가서 얼굴을 붉히고 나오는 예를 여럿 보았다. 큰 상금이 걸린 대회도 아니고, 그 경기의 승리가 대단한 명예를 보장하는 것도 아니고 보면 의아한 일이다. 좋게 시작한 친선경기에서 어떻게든 상대를 이겨보려 무리수를 쓰다보면 여기저기 탈이 난다. 상대의 눈살을 찌푸리게 하는 것은 물론 무리한 동작으로 인해 제 몸에 먼저 탈이 나기 일쑤이다. 그 가운데 최악의 수는 팀을 짜서 경기를 하던 중 같은 팀의 구성원과 불화를 빚는 일이다. 당신만 잘하면 우리가 이기는데 당신 때문에 진다며 저보다 못한 능력이나 재주를 깎아내리다 보면 날랜 솜씨가 곧 굴레가 되기 십상이다.

"망치를 든 사람에겐 모든 문제가 못으로 보인다."는 말이 있다. 활을 들면 어디에나 쏘아대고, 쏘기만 하면 깊숙이 꽂히게 하는 재주로도 이르지 못할 곳이 많다는 게 신기하다. 더 정확하게 말하자면 그 재주 때문에 그만 중도에서 고배를 마시게 되기도 하는데, 조선 최고의 글쟁이 박지원도 짤막한 기록만 남기고 길을 떠나는 이유가 어쩌면 거기에 있지나 않을지 조심스레 생각해본다. "참 재주가 좋구나!"의 감탄이 아니라 "참, 재주는 좋은데…"의 아쉬움 같은 게 아닐지 짐짓 헤아려 보는 것이다.

미워하기의 기술

“척 지고 살지 말아라.”라는 말을 많이 듣고 자랐다. ‘척(隻)’은 옛날 소송에서 피고인 측을 일컫는 말이니, 사리의 옳고그름을 떠나 상대가 내게 악감정을 품어 뒤가 좋을 리가 없다는 뜻이다. 물론 좋은 게 좋다는 식으로 잘 넘기면 좋겠지만 세상살이가 꼭 그렇지만은 않아서 문제이다. 공자는 “오직 어진 사람만이 사람을 좋아할 수도 있고 미워할 수도 있다.”(『논어』「이인(里仁)」)는 명언을 남겼다. 좋아하고 미워하는 데도 일종의 자격을 부여한 셈인데, 거꾸로 말하자면 자격이 부족한 사람은 사람을 좋아하든 미워하든 탈이 날 수 있다는 말이다.

그래서 공자는 “용기를 좋아하고 가난을 싫어하는 것도 난(亂)을 초래하는 것이요, 사람으로서 어질지 못한 것을 미워하는 게 너무 심한 것도 난을 초래하는 것이다.”(『논어』「태백(泰伯)」)라고 했다. 세상 어떤 일에서든 처음 시작에는 용기가 필요한 법이다. 새로운 일을 하려면 낡은 세력의 저항을 넘어서야 하기 때문인데, 그래서 미래를 헤치고 나갈 젊은이들을 만나면 용기를 북돋는 주문을 많이 하게 된다. 가난한 젊은이에게도 앞으로의 삶은 훨씬 더 나을 것이라고 격려해줄 수 있을 텐데, 묘하게도 '용기를 좋아하고 가난을 싫어하는 것'을 한 짝으로 붙여놓았다.

가난을 좋아하는 사람은 없을 테니 가난을 벗어나기 위해 계획을 세워 실천하는 것은 지당한 일이다. 그러나 부당한 방법까지 거리낌 없이 사용한다거나 정의를 내세우다 불의에 빠지게 된다면 가난 못지 않은 후유증을 낳는다. 가난을 넘어서기 위해 과격하게 나서게 될까 경계한 것이다. 같은 맥락에서 어질지 못한 사람을 비판하고 미워하기는 해야 하지만 너무 심하게 하는 것을 경계했다. 어질지 못한 사람을 미워하는 것은 그런 사람을 바로잡아 다른 사람들이 그렇게 되지 않도록 하는 것인데, 어떠한 여지도 주지 않고 몰아붙이기만 해 역효과를 낸다면 세상이 어지럽게 되기 십상이다.

그러나 그런 바람과 세상이 돌아가는 방향을 영 다른 것 같다. 일단 어느 한 편에 속하지 않으면 양쪽에 치여서 견디기 어렵고, 어느 한 편에 속하는 순간 상대편은 모두 인간말종의 쓰레기 집합소라 매도한다. 물론 상대편 쪽에서 이편을 대하는 방식 역시 마찬가지다. 그래서 심하게는 모처럼 모인 명절 밥상에서도 입을 다물고 멀뚱거리게 되고 몇 십년 만에 만난 동창생의 정치색부터 살피려 애를 쓰기도 한다. 그러나 세상이 그렇게 성인군자와 도척의 무리로 양분되는 것이 아니며, 성인군자가 한 순간에 소인배로 전락하는 것도 아니고 도척의 무리를 교화시켜 성인군자를 만들 수 있는 것도 아니다. 모자란 사람은 조금씩 나아지게 북돋고, 쓸만한 사람이 뜻밖의 타락을 하더라도 크게 망치지 않게 보듬는 게 요긴한 일이다.

그러나 적당히 미워하기는 말처럼 쉽지 않다. 상대의 잘못만큼 미워하는 비례식을 세우기도 쉽지 않겠지만 때로는 그보다 크거나 작게 하는 게 더 효과적이기 때문인데, 이럴 때는 한 가지 원칙을 세워두면 된다. 그저 미운 사람이어서 미워하지는 않는다는 원칙 말이다. 대체로 그저 미워지는 사람은 상대가 잘못해서가 아니라 내 마음 속에 미워하는 마음이 있기 때문이며, 그 마음이 바뀌지 않는 한 세상의 절반가량이 있지도 않은 미운 털에 덮여 신음하게 된다. 더 큰 문제는 내게만 보이는 그 미운털이 진짜 있는 것이라며 남들에게 악다구니를 쓰는 것인데 있는 털이 아니니 어디 가서 왁싱을 해달랄 수도 없고 난감하다.

네 욕심이 제일 크다!

"마음을 비웠어." 같은 말은 흔하다 못해 지겨울 정도이다. 그런데 그 말을 액면 그대로 믿기는 좀 껄끄러울 때가 있다. 말하는 이의 행적을 잘 알기 때문이다. 어지간한 일에 욕심을 내보지 않은 사람이라면 그런 말조차 할 필요가 없을 터, 그런 말이 터지는 순간 이미 무언가를 채우려 오래 짓눌려 살아왔다는 표징이 된다. 이는 물산이 풍부한 요즈음만 그런 게 아니라, 너나없이 궁핍했을 예전에도 그랬던 것 같다.

고소설집 『삼설기(三說記)』 가운데 〈삼사횡입황천기(三士橫入黃泉記)〉가 있다. 제목 그대로 '세 선비가 졸지에 황천으로 간 이야기'다.

> 어느 봄날, 글공부하던 세 선비가 술에 대취하여 인사불성이 되었다가 저승사자가 잘못 데려가고 만다. 본인의 몸은 이미 장사를 다 치른 마당이니 도로 그 자리로 갈 수가 없었고, 각자 가고 싶은 곳을 말하면 소원대로 보내주기로 했다. 첫째 선비는 충

신 집에 태어나 영웅으로 무과에 급제하여 위엄을 떨치고자 한다. 그러자 염라대왕은 그러한 집으로 보내도록 명령한다. 둘째 선비는 명문가에 태어나 선풍도골(仙風道骨) 선비로 문과에 급제하여 온갖 높은 벼슬을 다한 후 나이가 들면 벼슬을 물리고 노후를 편안히 보내고자 한다. 이번에도 염라대왕은 그렇게 하도록 허락했다.

문제는 셋째 선비였다. 그는 법도를 잘 아는 집의 자제가 되어 입신양명을 한 후 최고의 효행을 하고, 속세를 떠나 자연의 즐거움을 만끽하며 무병장수하다 고종명(考終命)하기를 바랐다. 그러자 염라대왕은 "이 욕심 많고 무거불측(無據不測: 근거가 없어 헤아리지 못할 정도로 못됐다는 뜻)한 놈아!"로 욕설을 하며, 그런 자리가 있다면 자기 자신이 염라대왕 자리를 던져두고 하겠다며 야단을 쳤다.

얼핏 보면 셋째 선비의 소원이 제일 소박해 보인다. 적당한 벼슬을 하고, 재산은 편하게 살 정도면 족하고, 인간관계 문제없이 평온하게 보내며, 자연을 즐기다 제 명에 죽겠다는 데 그게 그리 큰 잘못이란 말인가. 그러나 그 속내를 파고들면 세상에 나서면서도 세속에 매이지 않고, 무얼 가지면서도 안 가진 듯 지내겠다는 것이다. 입신양명을 하기 위해서는 넘어야 할 산이 많다. 자력으로 일어서서 제 몸 하나 세우기도 벅찬데, 그것으로 이름을 드날리자면 그렇게 일어선 많은 이들 가운데도 손에 꼽힐 무언가를 갖추어야만 한다. 그러기 위해서는 난관도 많을 것이고 주위의 시샘도 견뎌내야만 하는데, 그러면서도 집안의 부모님께 효도를 다하고, 그 힘든 일을 다해내면서도 병 없이 편히 늙어 죽을 수 있다는 생각이 대체 어디에서 나온 것일까.

권력을 탐하면서도 명예롭기를 바라고, 챙길 건 다 챙겨두고도 욕심 없는 사람으로 비추기를 바라서는 안 된다. 입으로는 "뜰에는 반짝이는 금모랫빛 / 뒷문 밖에는 갈잎의 노래"를 흥얼대면서도 한강 뷰가 그럴듯한 강변아파트 정도에는 살아야 직성이 풀리겠다면, 염라대왕의 질타를 피할 길이 없다. 서울 바닥에 몇 대밖에 없다는 외제차를 몰고 와서는 자신이 얼마나 검소한가를 떠들어댄다면 대체 어느 누가 탐탁하게 여길 것인가 말이다. 마음 비운 게 무르익어서 절로 밖으로 표가 나기도 전에 제 입으로 마음을 비웠다고 외는 이가 있다면 이 한마디를 해주자.

"네 욕심이 제일 크다!"

오해와 이해 사이

시조 가운데 "말로써 말이 많으니 말 말을까 하노라."는 구절이 있다. 입 닫고 가만 있자는 말인데, 꼭 현실에 맞을지는 의문이다. 말 안 하고 있으면 수십 년을 함께 지낸 배우자도 제 속을 모르는 일이 태반이어서, 좋으나 그르나 말을 하고 사는 게 또 인간의 숙명인지도 모른다. 그러나 말로 해서 푸는 오해 못지않게 말이 빚어낸 오해도 많은 법, 그리 흔치는 않겠지만 터무니없는 오해가 사태를 해결하는 열쇠가 되기도 한다.

『청구야담』에 있는 벼슬 구하는 선비 이야기가 그렇다.

> 어떤 선비가 벼슬하기에 안달이 나서 정승 집에 빌붙어 있으면서 전재산을 탕진한다. 이때나 저때나 벼슬 한 자리를 구했으나 정승은 그럴 마음이 전혀 없고, 조바심에 병까지 얻고 만 선비는 욱하는 마음에 해서는 안 될 일을 하고 만다. 사람들이 없는 틈을 타 정승에게 가서 목침으로 가슴을 내려쳐 반죽음을 만든 것이

다. 다음날, 정승의 아들들이 병문안을 오자 정승은 말도 못하고 손으로 자신의 가슴과 선비를 번갈아 가리키며 어제 일을 설명하려다 죽었다. 아들들은 선비가 그 동안 자신을 위해 봉사했으니 벼슬을 주라는 유언으로 이해하고 선비에게 벼슬을 마련해주었다.

만약 정승의 아들들이 아버지의 뜻을 제대로 이해했다면 선비에게 벼슬을 주선하기는커녕 아버지를 죽인 원수로 능지처참을 해도 모자랐을 것이다. 그러나 그 동안 지내온 내력을 잘 아는 아들들로서는 정승의 손짓을 달리 해석할 도리가 없었고, 그것이 바로 합리적인 판단이었다. '아들'이 아니라 '아들들'로 설정한 까닭 역시 거기에 있다고 보아도 무방하다. 누구 하나 이의를 달 수 없을 만큼 헌신적이었다면 그에 대한 보답을 하는 것이 마땅하다. 매관매직이니 탐관오리니 하는 비판적인 시선을 들이대는 것은 그 다음의 일이다.

제 뜻을 잘 전하여 이해시키는 능력은 분명 중요하다. 그러나 그보다 더 중요한 능력은 사람들의 뜻을 잘 헤아리는 것이다. 자신의 뜻은 분명 그렇지 않은데 세상사람들이 오해한다고 하소연하는 사람들이 있다. 그러나 한두 사람이 아니라 온 세상사람들이 '오해'를 하는 것이라면 그 오해는 얼마간 제대로 된 '이해'이기 쉽다. 한두 사람은 속이기도 쉽고 속을 수도 있지만 여러 사람을 모두 그렇게 하기는 어렵기 때문이다. 가령 내가 당신을 위해 얼마나 애를 썼는데 그 노고를 왜 알아주지 않느냐고 하소연할 경우, 물론 그렇게 될 가능성이 아주 없지는 않을 것이다. 그러나 당사자도 전혀 느끼지 못하고, 다른 누구도 그런 노고가 있었다고 증언해줄 수 없는 경우라면 대체 그게 나를 위한 노고이기나 하였을지 의문이다.

제 욕심에만 빠져서 제 식대로 이해하도록 밀어붙이는 데 재미 들리다 보면 세상사람들이 다 속아넘어가는 줄로 착각하기 일쑤이다. 주변사람들은 어느새 자신을 위해 무한 헌신해야만 하는 존재로만 인식하고 자신의 지혜로움에 스스로 경탄하기도 하는데, 그러다가는 이야기 속 정승처럼 어디 가서 비명횡사를 당하더라도 손 한번 못써보고 원귀(冤鬼)로 떠돌 수도 있다. 누가 말했듯이 세상에는 언제나 빈손이 일손이다. 가진 것이 많은 사람은 제 것을 움켜쥐기 바쁘니 아무것도 없는 사람이 그 가진 것 많은 사람 대신 일을 해주어야 한다. 그러니 아무리 잘난 사람이더라도 본인이 어려운 지경에 처할 때면 거기서 구해줄 손은 둘밖에 없는 자기 손이 아니라, 남들의 무수한 손들이다.

5.

사람의 향기와 품격

'우연'의 효용
2등의 몫
하나를 알면
복(福)과 덕(德)
인간의 등급
맑음과 탁함, 두터움과 얇음
사람의 이름값
영웅의 자격
예언보다 무서운 것
원리원칙과 금도

'우연'의 효용

어느 분야에든 '대가'로 불리는 사람들이 있다. 그가 시인이라면 그의 시에는 허접한 것이 없다. 그가 화가라면 싸인을 마친 완성작은 말할 것도 없고 미완성작마저 높은 수준의 예술품으로 평가된다. 그러나 그런 일은 어디까지나 대가에게서나 가능할 법일 뿐 범인들로서는 언감생심이다. 간혹 득의작을 한 편 내고 기고만장하다가 이내 범작(凡作)을 내고 기가 눌리기 십상이다.

고려에서 조선을 잇는 문호인 이색(李穡)의 〈송씨전〉에는 기이한 인물이 등장한다.

> 주인공 송씨는 책을 쌓아두고 손님들을 불러 모아 글을 짓기를 좋아했다. 그러나 수준이 고르지 못해서 어떤 글은 사람들을 놀래킬 만큼 빼어났지만, 또 어떤 글은 웃음을 살 정도로 졸렬했다. 그럴 때마다 송씨는 기뻐하거나 노여워하지 않았다. 잘 지은 글에 대해서도 "우연히 좋은 글귀를 얻었을 뿐, 잘 지으려고 한 것

은 아니었다."고 뒤로 빼고, 못 지은 글에 대해서도 "우연히 서툴게 된 것이지, 서툴게 지으려고 했던 것은 아니었다."라며 담담했다.

이색은 그런 송씨가 자신의 문학적 성취에 지대한 공을 했다고 밝혔다. 이색이 소싯적에 송씨를 찾아가 놀며 시를 배웠는데 송씨가 과거 보기를 권했다. 마침 이색의 아버지는 중국에 있었고, 어머니는 그의 학문이 미천한 걸 아는 터라 극구 말렸다. 그러자 송씨가 나서서 종이를 사다 주며 과거 보기를 권했고, 이색은 급제하였다. 문제는 바로 그 다음부터였다. 송씨가 그랬듯이, 이색 또한 과거의 급제를 우연으로 여겼다. 요행히 잘 되었을 뿐 아직 실력이 대단한 것은 아니라 판단했고 그 뒤로 더욱 성실하게 공부하였다.

어떤 일의 성패를 우연으로 여길 때, 거기에는 양날의 칼이 숨어있다. 잘 되든 못 되든 우연히 벌어진 일이니 되는 대로 살자는 것이 한쪽 날이라면, 잘 되어도 아직 부족하니 노력하고 못 되어도 크게 낙담하지 말자고 스스로를 다독이는 것이 또 다른 한쪽 날이다. 어찌어찌 하다 보니 성과주의가 모든 것을 압도하는 시대를 살게 되었고, 어떤 한 가지 일에서의 성공과 실패가 곧 온 생애의 성패인 양 과민하게 반응하곤 한다. 그러나 작은 성패에 일희일비하여 쓴맛을 보게 될지, 담담히 받아들여 크게 성장하는 발판을 삼을지는 오직 각자의 선택이다.

이 점에서 대가들이란 어쩌면 시행착오를 가장 격렬하게 치러낸 사람들이다. 단번에 성공하여 대가라는 칭송을 받아 시종일관 평화롭게 작품을 만들어내고 죽은 대가가 과연 전세계에 몇이나 있을까 의문이다. 물론 될성부른 나무답게 처음부터 빼어난 재주로 세상을 놀라게 하는 것이 정석처럼 되어 있지만, 그 행운은 여느 사람들이 처음 발을 들여놓을 때 누구나 겪는 '초심자의 행운'에 불과하다. 그런 행운은 지속될 수도 없거니와, 지속된다 하더라도 그저 조금 뛰어난 초심자의 솜씨일 경우가 대부분이다.

그렇다면 대가가 되려는 사람이라면 "내가 대가가 될 관상인가?"에 의지하지 말고, 남보다 조금 잘 된 일에 "우연히 잘된 일일 뿐 아직 제 솜씨가 아닙니다."로 물러서는 게 좋겠다. 맥놓고 있으라는 뜻이 아니라, 두 번 세 번 반복해서 완전히 자리를 잡고 제 빛깔을 내기까지 연마가 필요하다는 말이다. 그리하여 마침내 대가 자리에 오르게 되면 그때 사람들이 이구동성으로 말할 것이다. "저분의 솜씨는 결코 우연히 얻어진 게 아니야."라고.

2등의 몫

『삼국유사』「탑상(塔像)」편에는 노힐부득과 달달박박이라는 두 친구가 등장하는데, 절묘한 짝을 이룬다.

> 노힐부득과 달달박박은 속세에 초연하여 나이 스물에 속세에 뜻을 접고 출가하여 각기 다른 곳에 자리 잡고 수도하였다. 달달박박은 미타불을 모시며 지냈으며 노힐부득은 미륵불을 모시며 지냈다. 그러던 어느 날, 아리따운 여인이 달달박박을 찾아와서 하루 묵어가기를 청했다. 그러자 박박은 절은 깨끗함을 지키는 곳이라며 빨리 떠나라고 이르고는 문을 닫고 들어갔다.
>
> 이 여인은 곧장 노힐부득에게 갔다. 부득은 이곳이 여자와 함께 있을 곳은 아니지만 중생의 뜻을 따르는 것이 보살행(菩薩行)의 하나라며 묵어가기를 허락했다. 부득은 여인을 들이고는 고요히 염불을 하며 밤을 보냈다. 날이 샐 무렵 여인은 자신에게 출산할 기미가 있으니 짚자리를 깔아달라고 했다. 부득이 그대로 하자 해산 후에 목욕을 시켜달라고 했다. 부득은 목욕통을 준비하

여 더운 물로 여인을 씻기자 통 속에서 향기가 나며 물이 금빛으로 변했다. 여인은 부득도 함께 목욕할 것을 청했고, 그가 마지못해 그렇게 하자 피부가 금빛으로 변하고 그 옆에 연화대(蓮花臺)가 생겼다. 여인은 부득이 그 위에 앉기를 권했다.

한편, 달달박박은 자신은 몸을 깨끗이 지켜냈지만 노힐부득은 계율을 어겼을 거라 확신하며 그를 비웃어줄 요량으로 부득이 있는 곳으로 가보았다. 그랬더니 부득은 연화대 위에 앉아서 미륵불이 되어 빛을 발하고 있었다. 부득이 그간의 연유를 말해주자, 박박은 그제야 자신의 어리석음을 뉘우쳤다. 노힐부득은 남은 목욕통의 물로 달달박박도 목욕을 하도록 했고 달달박박이 목욕을 하자 그는 미타불이 되었다.

이야기 속 두 친구의 승패는 분명하다. 노힐부득이 이겼고 달달박박은 졌다. 불교의 관점에서는 미륵불과 미타불의 승패로 읽히겠지만, 그보다 더 중요한 관점은 불쌍한 중생을 위하는 마음이 어느 쪽에 더 있느냐 하는 구원의 본질에 있다. 여기에서 한 발 더 나아가 본다면, 과정이 어떻든간에 결국 공동의 승리로 귀결된다는 점이 예사롭지 않다. 비록 달달박박이 고지식하기는 해도 몸을 깨끗이 지켜내려 했던 진실은 분명하며, 나중에 뉘우침으로써 그 기회를 아주 잃게 하지는 않는 미덕을 보인 것이다.

가끔씩 B학점을 맞았다고 성적이의 신청을 해오는 학생들이 있다.

자신은 열심히 했는데 왜 A학점이 아닌지 의아한 까닭이다. B학점도 그리 나쁘지 않다고 말해봐야 소용없는 일이고, 그 학생이 불만인 것은 자신이 A학점을 받을 만큼 열심히 했는데도 결과가 그렇지 못하다는 사실이며, 더욱 속상한 것은 자신보다 열심히 하지 않은 다른 학생이 A학점을 받았다는 사실이다. 그러나 어떤 경우든 자신이 애써서 무언가를 이루었다면 시간차는 좀 있더라도 궁극적으로는 목표지점에 다 이를 수 있다는 믿음이 필요하다.

비록 노힐부득과 달달박박의 이야기가 승자독식이 지배하는 우리네 현실과는 많이 동떨어져있기는 해도, 2등의 몫 또한 소홀히 하지 않을 때 1등의 진면목이 도리어 더 잘 드러난다. 아니 그리 되도록 다 함께 노력할 때 다 잘 되고 더 잘 되는 이상에 한 발 다가서게 된다.

하나를 알면

세상에 제일 중요한 숫자가 무엇인지 모른다. 연애에 빠진 사람은 2라고 할 것이고, 행운을 갈망하는 사람이라면 7이라고 할 것 같다. 그러나 그 모든 수들도 출발점이 1이라는 점이 분명하다. 1에 1을 더해 2가 되고, 다시 3, 4로 뻗어나간다. 그래서 "하나를 보면 열을 안다."는 말도 이상하지 않고, "하나를 들으면 열을 안다."는 사람이 있다고 하면 그럴 수 있다고 믿기도 한다.

그런데 그 과정이 말처럼 쉽지만은 않다. 하나까지는 어찌어찌 알아도 둘까지는 역부족인 사람도 있고, 하나 아는 것을 가지고 나머지 아홉을 잘못 추단하여 그르치는 사람도 있다. 청나라 장조(張潮)가 쓴 잠언집 『유몽영(幽夢影)』에는 그에 대한 명료한 설명이 나온다. "다만 그 하나를 알고 오직 그 하나에 그치게 될까 두려워하는 사람이 상(上)이다. 그 하나를 아는 데 그치고 다른 사람의 말로 인하여 비로소 그 둘이 있는 것을 아는 사람이 그 다음이다. 그 하나를 아는 데 그치고 다른 사람이 그 둘이 있다고 말해도 믿지 않는 사람이 그 다음이다.

그 하나를 아는 데 그치고 그 둘이 있다고 말하는 사람을 미워하는 사람이 하(下) 가운데 하이다."

아주 무능하거나 특이하게 불운한 경우가 아니라면, 그래도 열심히 살다보면 무언가 하나쯤은 얻게 되는 것 같다. 가령 대단치 않은 시인이라 하더라도 보석처럼 빛나는 명편(名篇) 하나쯤은 갖고 있기 마련이다. 그걸 입에서 욀 때마다 기특하다는 생각이 들다 보면 다른 시인들의 작품은 눈에도 들어오지 않는다. 그래서 누군가 좋은 시라며 들려주면 애써 아니라고 부정하고, 끝내는 그렇게 일러준 사람에게 눈을 흘기는 촌극을 빚는다. 대학교에 있는 문학창작 동아리 같은 데서 서로의 작품을 깎아내리고 제 작품이 대단하다고 입에 거품을 무는 경우가 그런 예이다.

그런데 이런 사람들은 대체로 평균치 이상의 능력자인 경우가 많다는 게 가슴 아프다. 시든 그림이든 기초적인 학습이 안 되어 있으면 좋은 작품을 만들어내기 여간 어렵지 않다. 시인이라면 좋다는 시집들을 죄다 보고 습작을 해보고 난 뒤에나 가능한 일이며, 화가라면 데생을 하느라 어깻죽지가 끊어져나가는 경험을 해본 후에 꿈꾸어볼 일이기 때문이다. 그러나 그렇게 한다고 남들에게 자랑할 만한 작품이 나오는 게 아니고, 어느 정도 남보다 나은 재능이 있을 때에야 겨우 빛을 발휘하는 법이다. 그러니 남들보다 낫다고 자부할 만한 무언가를 하나라도 얻어낸 사람이라면 십중팔구 어딘가 보통사람을 넘어서는 부분이 있기 마련인데, 바로 그 지점에서 제동이 걸려 한 고개를 넘어서지 못하곤 한다.

그런 사람들이 잘 쓰는 말이 바로 "왕년에~"인데, 이 병이 도지면 정말이지 약도 없다. 수십 년간 살아오면서 가장 빛났던 한 순간을 콕 집어서 고장 난 레코드처럼 무한반복을 하며 상대방에게 동의를 구한다. 그러는 사이에 쓸 만한 사람들은 하나둘씩 주변을 떠나고 어느새 적막강산, 고립무원에 빠진다. 자신의 단점을 들으면 기뻐할 사람이 그리 많지 않겠지만, 이치적으로 따지자면 꼭 한 경우가 확실하다. 그 단점 하나만 고치면 완벽해질 수 있는 경우가 바로 그렇다. 만일 그 하나의 병폐만 고칠 수 있다면 지구 끝까지라도 가볼 기세인 사람에게 제대로 된 비판은 그야말로 화룡정점의 기회다. 그러나 겨우 무언가 하나를 해서 일군 사람에게 비판하면 그것 하나로 모든 것이 무너지는 참극이 벌어지게 되니 고마워할 리가 만무하다.

그렇다고 우리네 보통사람들이 하나를 아는 데 그칠까 전전긍긍하는 최상품의 인간이 되기를 기대할 수는 없는 노릇. 그저 둘이 있다는 말을 못 믿는 의심쟁이나, 둘이 있다고 일러주는 사람마저 미워하는 못난이나 되지나 말기를 바랄 뿐이다.

복(福)과 덕(德)

우리말 가운데 '복'처럼 매혹적인 말이 있을까싶다. 그 출발이 어디였든 우리 역사가 덧붙으면 자연스레 우리만의 뜻이 덧붙게 된다. 그래서 영어 같은 아예 다른 문명권의 언어를 쓰는 경우는 차치하고 같은 한자 문화권 안에서도 복에 대한 인식은 다른 것 같다. 물론, 지구 반대편과도 실시간 교신을 하는 세상을 사는 터라 일정 부분의 합의가 없을 수는 없다. "부자 되세요!" 같은 말이 덕담으로 스스럼없이 통용되는 것은 부유함이 대표적인 복이라는 뜻일 것이다.

그러나 아무리 귀한 복이라 하더라도 너무 어렵게 얻어진다면 그걸 복이라 할 수 있을지 의문이다. 그래서 힘을 덜 들이고 원하는 것을 쉽게 얻게 되었을 때 복이 많다고들 하는데, 옛글 가운데는 전혀 다르게 생각하는 경우가 제법 있다. 가령, 조선후기 성대중(成大中)이 쓴 『청성잡기(靑城雜記)』에는 복을 다섯 등급으로 세분화했는데 우리네 생각과는 180도 다르다. 그에 따르자면, 무언가를 행하고 누리지 못하는 경우가 최상이고, 누리는 게 조금 부족한 경우가 그 다음이며,

많이 행하고 누리는 경우가 또 다음이고, 별로 행하지 않고서 누리기만 하는 경우가 그 다음이며, 전혀 행하지 않고 누리기만 하는 경우가 최하이다.

편의상 "행한다"고 번역을 한 한자는 '닦을 수(修)'이며, "누린다"고 번역한 한자는 '먹을 식(食)'이다. 그런데, 『예기』에 나오는 5복 가운데 하나인 '유호덕(攸好德)'이 일러주는 대로 덕을 닦는 일은 복을 받는 근간이며, 그에 따른 잎과 꽃, 나아가 열매를 바라는 게 인지상정이다. 씨를 뿌려 잘 가꾸어 꽃 피우고 열매 맺는 일이라면 누구나 좋아할 법하고 권장할 만한 일이다. 그럼에도 불구하고 선현들이 그런 경계를 한 까닭은 씨를 뿌려 열매 맺기까지의 과정이 지난하기 때문이다. 그냥 휙 뿌려두고 계절이 지나면 때때로 자라 꽃 피고 열매를 거둔다면 얼마나 좋을까. 아니, 뿌리지도 않았는데 어디선가 씨가 날아와 그 모든 것이 절로 된다면 그보다 좋은 일이 없을성싶다.

그러나 성대중은 그런 경우를 최하로 꼽았다. 잘 될 법한 일을 전혀 안 했는데 좋은 성과를 낸다면, 잘 될 법한 일을 쉼 없이 해서 겨우 성과를 낸 사람이나 그보다 더한 노력을 하고도 그보다 못한 성과를 낸 사람에게는 좌절이 될 것이다. 당연히 그런 사람들의 질시를 받을 수밖에 없고 그런 사람들과 함께 살아나가면서 제가 얻은 복을 편히 누리기 쉽지 않겠다. 물론 얼굴에 철판을 깔고 그게 바로 제 복이라며 누릴 여지가 없지는 않으나, 저 혼자 쾌재를 부를 때 남들의 속은 부글부글 끓어오를 테니 정신이 온전한 사람이라면 마냥 즐길 일이 못 된다.

그렇다면 자신이 열심히 노력하여 무언가를 거두는 게 최상일 것 같은데, 성대중은 많이 행하고 누리는 경우를 겨우 3등으로 꼽았다. 그렇게 생각한 이유야 꼽아보면 여럿 있을 테지만, 아마도 단기간에 무엇을 이루려는 조급함 때문이 아닌가싶다. 내가 잘했으니 그 대가를 내가 받아야겠다는 생각이 잘못된 것은 아니지만, 나 하나로 세상이 끝나는 것이 아님에도 불구하고 모든 성과를 자신이 거두어야겠다는 생각에 사로잡히면 위태롭기 그지없다.

임기가 정해진 자리에 오르는 사람들이 빚어내는 문제 또한 거기에 있는데, 이는 임기 안에 소기의 성과를 내보려는 근면성실함 때문에 생기는 게 아니다. 그보다는 당장은 일만 하다 욕이나 먹을 게 뻔해도 다음 혹은 다다음의 사람이 들어설 때쯤이나 성과를 볼 법한 일에는 아예 관심조차 두지 않는 고질병에 있다. 지금 자신이 닦고 있는 덕이 있기만 하다면 언젠가 누군가는 누릴 게 있다는 믿음이 요긴하고, 그것이 바로 제 복이며, 복 중의 복, 대복이다.

인간의 등급

오래 전, 직장 일로 고통 받고 있던 지인의 하소연을 들었다. 내가 나서서 도울 일이라도 있으면 좋으련만 그때나 지금이나 백면서생에게 무슨 힘이 있을까. 위로의 인사를 건네고는 정약용이나 김정희 같은 선현들의 일을 들먹였던 것 같다. 다들 우리네보다 나은 사람들이었지만 유배객 신세이지 않았느냐는, 주제넘은 말이었다. 아닌 게 아니라 어려운 일을 만날 때면 강한 사람이 그립기도 하고, 어려운 일이 사람을 강하게 만드는 것이 아닐까 생각하게도 한다.

정약용이 오랜 유배생활을 할 때의 일이다. 어렵사리 사면의 기회를 얻었으나 반대파의 농간으로 난관에 봉착했다. 맏아들 학연은 방해하는 사람들에게 청탁 편지를 보내보자는 의견을 냈다. 그러나 올곧기로 유명한 정약용이 쉬 수용할 리가 없었다. 아들에게 보낸 답장에 이렇게 일렀다.

천하에 큰 저울이 둘이 있다. 하나는 '옳음과 그름[是非]'의 저

> 울이고, 또 하나는 '이익과 손해[利害]'의 저울이다. 이 두 저울로부터 네 등급이 나뉘는데, 대체로 옳음을 지켜 이익을 얻는 게 최고 등급이요, 그 다음은 옳음을 지키다 손해를 보는 것이며, 그 다음은 그름을 좇아 이익을 얻는 것이고, 최하 등급은 그름을 좇다 손해를 보는 것이다.(《아들 학연에게 답함(答淵兒)》)

애당초 되지도 않을 일, 가만있으면 3등급인데 공연히 최하등급으로 떨어지고 말 것이라는 경고였다. 하긴 이익을 바라보고 그름을 좇았으나 손해를 보고 만다면 그처럼 딱한 일이 없다. 명분도 실리도 다 놓친, 하 중의 하, 최하임이 분명하다. 그런데 정약용이 매겨둔 이 네 등급의 순위에 슬쩍 반감이 치오른다. 맨 마지막 등급은 당사자에게는 아무 잇속이 없는 최하임이 분명하지만, 세상사를 생각하면 그건 그래도 좀 나은 편이기 때문이다. 혹시라도 그걸 반면교사 삼아 사람들을 정신 차리게 할 수도 있잖은가 말이다.

그러나 그름을 좇은 덕에 이익을 보는 이가 있다면 세상에 그보다 해로운 인간이 없겠고, 그런 의미에서 최악이다. 자신의 이해를 기준으로 삼을 때야 그리 나쁘지 않다고 해도, 세상을 골병들게 하는 데는 그보다 더한 경우가 없기 때문이다. 그래서, 나 같은 조무래기 서생 주제에 감히 선현의 말에 토를 다는 게 외람되지만, 정약용이 매긴 등급을 수정해야겠다.

> 옳음과 그름, 이익과 손해의 두 저울로 인간의 등급을 나누면 다음의 세 등급이 있다.
> 상급, 옳은 일을 하고 이익을 본다.
> 중급, 옳은 일을 하여 손해를 본다.
> 하급, 그른 일을 하여 손해를 본다.

그럼 혹자가 물어올 것이다. 정약용 선생께서 세 번째로 꼽은, 그른 일을 하여 이익을 보는 무리는 대체 무슨 등급이냐고 말이다. 그럴 때 나는 단호하게 말하겠다. 그건 이제부터 등급 밖으로 치면 된다고. "등외!" 아예 인간이 아닌 걸로. (하, 그러고 보면 온갖 비리로 오늘 아침 뉴스를 도배하고 있는 사람들이 죄다 등외이다.)

맑음과 탁함, 두터움과 얇음

"누구를 위하여 종은 울리나?"는 본래 기도문이었다. 죽음을 알리는 조종(弔鐘)이 울릴 때, 굳이 어떤 인간의 죽음인가 알려 하지 말라는 인류애적 사랑을 담고 있다. 이렇게 누구의 죽음이든 나의 삶과 연관된다고 여겨야 한다면, 나와 친하거나 특별히 선하거나 아름다운 이의 죽음이야 말할 것도 없겠다. 그런데, 이상하게도 유독 먼저 세상을 떠나는 이들은 나와 친하고 선하고 아름답게 느껴지기 마련이다.

조선 선조 임금도 사람의 목숨이 무슨 까닭으로 장수하기도 하고 요절하기도 하는지 궁금했던 모양이다. 그래서 그에 대해 물었고, 율곡 선생은 그에 답했다. 〈수요책(壽夭策)〉이 바로 그 답안인데, 선조의 궁금증을 단적으로 표현해보면 이렇다. "왜 천하의 어진 선비인 안연은 요절하고, 천하의 악한 도적인 도척은 장수했는가?" 하늘이 무심하지 않다면 어찌 그럴 수 있을까? 만일 운명이 미리 정해진 것이라면 바르게 사는 게 의미가 없을 것이고, 바르게 사는 게 의미가 있다면 그런 부조리한 엇갈림을 어떻게 이해해야 하느냐는 답답함일 것이다.

책문(策文)은 임금이 낸 시의성 있는 현안 등에 관한 물음인 책문(策問)에 답하는 글이어서, 요즘 말로 하면 논문의 영역이다. 그만큼 간명하게 정리하기 어려운 점이 있는데, 당대 최고의 천재 율곡 선생이 가지고 나온 해법은 청탁(淸濁)과 후박(厚薄)이다. 세상만사를 기(氣)가 뭉치고 흩어지는 것으로 풀어내는 논지에서, 기에는 맑음과 탁함도 있고 두터움과 얇음도 있다는 것이다. 기가 맑은 사람은 착할 것이고 기가 탁한 사람은 악할 것이다. 그러나 기가 맑다고 기가 두터운 것이 아니며, 그렇다고 기가 얇은 사람이 착한 것도 아니다.

이 논리대로 한다면, 안연은 기가 맑은 사람이었고 그래서 선했지만 기가 얇은 탓에 일찍 죽었다. 도척은 기가 탁한 사람이었고 그래서 악했지만 기가 두터운 탓에 오래 살았다. 물론 타고난 기가 얇더라도 잘 건사하고 키워나가서 어느 정도 두텁게 할 수도 있고, 반대로 두터운 기를 타고 났어도 멋대로 쓰다 소진하면 얇아질 수도 있을 것이다. 그러나 착하면 당연히 강하고, 또 강해야 할 것이라는 생각은 비현실적이다. 나는 선한데 왜 악한 상대를 이길 수 없는가라는 질문은 번지수를 잘못 찾은 혼잣말이기 쉽다.

문득 주변사람들 가운데 착하기는 한데 일이 잘 안 풀린다싶은 사람들이 떠오른다. 너무 일찍 세상을 뜬 이들도 있고, 마음고생하다가 육신의 병으로 옮긴 이도 있으며, 제 자리를 끝내 못 찾고 세상 뒤로 물러선 이도 있다. 율곡 선생의 잣대로 보자면 대체로 맑음과 탁함을 기준 삼아 사람들을 사귀어온 탓일 것이다. 그러나 두터움이 없다 보면 애지중지 지켜오던 맑은 기운 역시 조금씩 누그러들어 그 투명도가 떨어지기 십상이다.

선하기도 어렵지만 선하면서 강하기는 더욱 어렵고, 더구나 탁한 기운으로 두텁게 무장한 강한 상대가 부지런하기까지 하다면 끔찍하다. 불 보듯 뻔한 패배가 눈앞에 있기 때문이다. 만일 우리가 마주한 경기가 장거리 경주라면 두터움이 더욱 절실해지는 즈음이다. 상대가 강한 데다 독기까지 품고 달려드는 판이라면 더욱 더 그렇다. 한갓 착하기만 한 게 악만도 못하다는 푸념이 나오는 이유도 아마 그런 데 있을 듯하다. 만일 내가 다시 젊은 시절로 돌아가 사람들을 사귄다면 맑음만큼이나 두터움에도 신경을 썼으련만 그때는 미처 몰랐다. 그러나 후회하는 것은 아니고 그만큼이나 맑은 사람들과 함께 지내느라 예까지 올 수 있었던 데 대해 감사할 뿐이다.

사람의 이름값

어렸을 적, 동네 개들의 이름이 요상했다. '해피(Happy), 매리(Marry), 쫑(John), 도꾸(Dog)……'. 하필 '행복한' '매리'와 '존'이라는 '개'를 불러댔는지 알다가도 모를 일이지만, 근대화 바람을 타고 서양문물이 물밀 듯 들어올 때, 향토의 잡종견에게도 국제적 문명화(?)의 세례를 베풀면서, 개주인들이 누리지 못한 행복한 삶을 덧씌운 결과였을 것이다.

『삼국사기』에 보면 '죽죽(竹竹)'이라는 신라인이 등장한다. 그가 백제군의 침략에 맞서 곤경에 처했을 때, 주위에서 항복을 권했다. 항복하였다가 후일을 도모하는 게 어떻겠느냐는 의견이었다. 그러나 죽죽은 이름처럼 꿋꿋했다. "당신의 말도 당연하지만, 아버지께서 나를 '죽죽'이라고 이름 지은 것은 날씨가 추워도 시들지 말고 꺾일망정 굽히지 말라는 뜻이라오. 어찌 죽기 두렵다고 항복하여 살겠소?" 그렇게 죽기를 각오하고 싸운 죽죽은 성이 함락되자 끝내 전사하고 말았다. 대나무는 겨울이 되어도 변하지 않고 잎새도 그대로이다. 그러나 이름 지은 이의 심정은 아랑곳없이, 대쪽같이 산 죽죽은 비명횡사했다.

그런데 죽죽의 그 이야기 앞에는 또 다른 인물이 등장한다. 바로 김품석(金品釋)이다. 그는 저 유명한 태종무열왕 김춘추(金春秋)의 사위로 총애를 받았으며 대야성(大耶城, 합천)의 성주가 된 인물이다. 그러나 부하의 아내를 빼앗을 정도로 품행이 문란하였고, 그 부하는 김품석에 앙심을 품고 백제와 내통을 하였다. 죽죽은 간계를 간파하여 김품석을 말렸지만 소용없었고, 백제의 복병을 맞아 품석은 자결하고 죽죽은 전사하였다. 그런데 그 문제의 인물 김품석의 이름인 '품석(品釋)'이라고 나쁜 뜻일 리가 없다. 글자대로 풀면 품평하여 풀이하는 것이니, 지혜롭게 잘 가려 처신하라는 뜻이 숨어 있을 터이다.

사람들이 모두들 자기 이름의 뜻대로만 살아간다면 세상은 그대로 천국일 것만 같다. 그러나 죽죽처럼 올곧은 사람이 천 명, 만 명이 있다한들 품석처럼 헛발질하는 사람 하나면 개죽음이 바로 코앞이다. 동네 개의 이름에까지 붙여두며 기원했던 행복이 그렇게 허망하게 멀어져갈 수 있으니, 아버지께서 지어주신 내 이름 자 앞에도 모골이 송연해진다. 아버지께서는 내 이름에 '강(康)'을 집어넣어주셨는데 건강하라는 뜻이다. 태어날 때 병약했으니 제발 건강하게나 커달라는 소박한 바람이셨을 것이나 글자 한 자의 뜻이 여간 깊은 게 아니다. 육체적 건강함은 물론, 편안하고, 온화하며, 즐거움까지 모두 이 글자의 뜻이고, 거기에 이르려면 나 혼자 건강하고 편안한 것만 가지고는 되지 않기 때문이다.

이렇게 보면 사람이 이름에 붙은 의미들은 대체로 다른 사람들과 어우러져야 비로소 힘을 발휘하는 것 같다. 가령 다스린다는 의미의 '치(治)'가 구현되려 한다면, 내가 잘 다스리려 한다고만 되는 게 아니라 그런 다스림을 받는 사람들을 잘 이끌 때 가능한 것이며, 아름답다는 '미(美)' 역시 다른 사람들과 어우러지지 않는 특별함이어서는 곤란하다. 그런 게 어디 사람 이름만일까. 도시 변두리의 조그만 구멍가게 붙는 이름부터, 동네 이름, 학교 이름, 회사 이름, 심지어 온 세계의 나라 이름까지도 모두들 좋게 잘 살라고 붙여진 것들이다.

'죽죽'으로 꼿꼿이 나라를 지키려 했던 그 마음이나, 개를 기르면서도 "해피"한 "쫑"을 기원하던 그 마음이 모두 한 가지 길로 간다는 게 신기하기도 하고 두렵기도 하다.

영웅의 자격

선거가 가까워지면 인물평이 부쩍 늘어난다. 과연 어떤 사람이 좋은 사람이며 그런 사람을 어떻게 가려낼지 걱정인데, 불현듯 『삼국유사』의 정수 스님(《승려 정수(正秀)가 언 여인을 구하다(正秀師救氷女)》)이 떠오른다.

> 어느 눈 내리는 겨울 저녁, 정수 스님은 절로 돌아오는 길에 어떤 여자 거지가 아이를 낳고는 얼어 죽을 지경인 것을 보았다. 그는 불쌍한 마음이 들어 여인을 안아주었고 한참 만에 숨이 돌아왔다. 아예 입고 있던 옷까지 벗어 덮어주고는 벌거벗은 채 절로 돌아와 거적을 덮고 밤을 지냈다. 그러자 한밤중에 궁궐 뜰에 하늘로부터 "황룡사의 승려 정수를 왕사(王師)로 봉하라!"는 소리가 들려왔다. 왕은 황룡사에 사람을 보내 그 사실을 조사하도록 하였고 정수를 국사(國師)로 책봉하였다.

스님으로서 그렇게 하기는 매우 어렵다. 여자를 가까이 해서는 안 되는 신분인 데다 상대가 지저분하기도 하고, 막 태어난 아이와 얽혀 공연한 오해를 살 수도 있기 때문이다. 또 벌거벗은 채 추운 밤길을 걸어가는 일도 고역이고, 알몸으로 절에 들어서는 스님을 반길 리도 없다. 그러나 정수 스님은 그 어려운 일을 조금도 주저하지 않고 해냈다. 지금이라도 그런 사람이 있다면 기꺼이 찾아가 스승으로 삼아 정진할 수 있을 것만 같다.

미국의 비교신화학자인 조지프 캠벨은 "'영웅'이라는 말은 자기 삶을 자기보다 큰 것에 바친 사람을 일컫는 사람"이라고 단언했다. 그렇다면 정수 스님이야말로 영웅임이 분명하다. 그가 만일 남들의 불쌍한 처지보다 제 안위나 체면을 먼저 생각했다거나, 제 옷을 지키느라 다른 사람의 목숨을 돌보지 않았다면 하늘의 부름을 받을 수 없었을 것이다. 그것은 작은 것을 위해 큰 것을 희생한 형국이기 때문이다.

선거가 중한가, 정치가 중한가? 정치가 중한가, 국민이 중한가? 그런 물음들은 매우 부질없어 보인다. 그러나 선거를 위해 정치를 희생하고, 정치 탓에 국민이 상한다면 그런 정치를 하는 사람은 영웅으로는 자격 미달이다. 선거가 정치보다 크고, 정치가 국민보다 크다고 여기기 때문이다. "수술은 성공하고 환자는 죽는다."는 웃지못할 참극이 어디 작은 병원의 수술방에서만 일어날 일인가. 선거는 이기고 정당은 죽고, 정당은 흥하고 정치는 망하고, 정치인은 성공하고 국민은 망하는 일이 쉼 없이 이어져 온다.

어차피 국민을 위해 나선 몸이라면, 자신의 체면이고 승패고는 돌보지 않고, 일단 눈앞의 불쌍한 국민에게 눈이 갈 때 조금이나마 영웅에게 다가설 수 있을 것이다. 자신이야말로 이 시대가 부르는 구국의 인재라며 큰소리를 치지만 어찌 된 일인지 자신의 입에서만 맴돌다 마는 메아리에 그치는 경우가 허다하다. 옛글에 나오는 대로, 큰 이름을 굳이 무딘 돌에 새길 필요가 없다. 길가는 행인의 입이 비석보다 나은 법이라 했으니 이 사람 저 사람 입에 오르내릴 정도가 되면 굳이 입 아프게 말하지 않아도 충분히 알게 될 테고, 그리 되면 그게 바로 하늘의 소리와 진배없겠다. 그러나 제가 내는 자랑 말고는 크게 들려오는 소리가 없는 게 현실이고 보면, 혹여 해당자가 아예 없어서 그런 것이나 아니길 빌어본다.

예언보다 무서운 것

옛날, 어떤 마을에 참언이 떠돌았다. 어느 도승이 말하기를, 마을 돌부처의 눈에서 피가 나면 온 마을이 침몰할 것이라 했다. 그러자 한 노인은 걱정이 되어 매일 돌부처 앞에 가서 피눈물이 나는지 살폈다. 그런데 마을 사람들이 돌부처 눈에 짐승의 피를 발랐고, 노인이 그것을 확인했다. 노인은 마을 사람들에게 대피하라고 일렀지만 사람들은 말을 듣지 않았고, 노인은 가족들을 이끌고 마을을 떠났다. 그 후, 온 마을이 물에 잠기고 사람들이 몰살하였다.

〈돌부처 눈 붉어지면 침몰하는 마을〉로 알려진 이야기인데, 요즘 시각에서는 선뜻 받아들이기 어렵다. 지금도 부처나 예수를 조각한 석상에 땀이나 눈물이 난다는 소문이 돌기도 하지만 방송국에서 찾아가 조사해보니 평이한 자연현상이더라는 식의 결말이 대부분이다. 석상에서 피눈물이 날 리도 없거니와 설령 그렇더라도 마을의 멸망과 무슨 연관이 될 것 같지는 않은데, 이런 이야기가 널리 퍼진 데에는 그만한 이유가 있겠다.

이야기의 시작 부분에서 도승 같은 신통한 인물이 나타나는데 그가 다짜고짜 마을이 멸망할 것이라고 예언하지는 않는다. 일의 발단은 도승이 시주를 원했지만 마을 사람들이 한결같이 외면했다는 데 있다. 주인공인 노인만이 시주를 하였을 뿐이며, 시주한 덕에 얻은 예언이 바로 마을의 멸망에 관한 것이었다. 그렇다면 마을의 형편이 넉넉지 않아서 그러했는가 생각해볼 수 있지만, 이야기에서 힘주어 강조하는 것은 살기 어렵기는커녕 사치가 성행할 정도라는 점이다. 이야기에 따라서는 심지어 마을에 놓은 다리를 청동으로 만들 정도로 호화판이었다고 지적할 정도이다.

결국, 이 마을이 이상한 예언 때문에 망한 것 같지만, 이미 망해가는 상황을 스스로 펼쳐놓았다고 해도 과언이 아니다. 돈이 넘쳐 사치를 하면서도 쓰고 남는 재물 한 푼을 베풀 줄 모르는 사람들이 사는 집단이라면 오래 가기는 어렵다. 더구나 노인이 그 위험을 알리며 피하라고 했지만 사람들은 그 말을 귀담아 듣기는커녕 불상에 피눈물을 찍어 발라 시험해볼 정도로 고약한 심보를 내보였다. 이렇게 보면 미래의 운명을 알기 위해 도승의 입이나 불상의 눈을 살필 필요까지도 없을 것 같다.

모든 조짐은 그렇게 사람들의 마음속에 있을 것이다. 전해오는 말 중에 "사주가 관상만 못하고 관상이 심상만 못하다."는 말이 있다. 사주는 태어날 때의 생년, 생월, 생일, 생시 네 개의 기둥을 의미한다. 곧 태어날 때의 정보를 담고 있다. 관상은 태어나서부터 지금까지 살아오면서 얼굴에 드러난 상이다. 곧 태어나서 지금까지의 이력을 담고 있는 것이어서, 사주가 똑같은 일란성쌍둥이에게서도 다른 관상을 엿볼 수 있다. 그러나 관상이 아무리 대단해도 심상(心相), 곧 마음의 생김새를 넘어설 수 없다. 마음을 어떻게 쓰느냐가 현재의 대처를 결정하고, 그에 따라 미래가 달라지기 때문이다.

마을사람들의 매정한 처사에 마음 아파하고 마을의 미래를 걱정하는 심상과, 마을의 앞날을 함께 걱정하기는 고사하고 그렇게 걱정하는 사람을 놀리려는 심상이 겨룬다면 어느 쪽이 이길 것인가? 너무도 뻔한 답이지만, 다 알고는 있지만 또 아무 대책 없이 살아간다. 생각해 보면 문득 오싹한 느낌마저 든다.

원리원칙과 금도

장난삼아 '유교~'를 접두어 삼은 유행어를 쓰는 일이 많아졌다. 가령 노출이 지나치거나 개방적인 생활태도 같은 데에 일정 부분 거부감을 가진 젊은 여성을 가리킬 때 '유교걸'이라고 하는데, 전통 문화의 중요한 축인 유교를 희화화한 듯하여 언짢지만 당위성의 강조가 도드라진 유교적 특성을 감안하면 신세대에게 그렇게 받아들여지는 게 그리 이상한 일만은 아니다. 그러나 제대로 된 선비라면 그렇게 꽉 막혀있을 리가 만무하다.

조선조의 병자호란이 끝난 후, 청나라에 끌려갔던 부녀자들이 돌아왔을 때의 일이다. 전쟁포로가 생환을 하였으니 두 팔 벌려 환영해야했겠으나 현실은 그렇지 못했다. 엄정한 유교 윤리를 내세우며, 이미 실절을 했으니 내쳐야 한다는 여론이 비등했기 때문이다. 바로 그 때, 소설 〈구운몽〉의 작가 김만중은 그 부당성을 논파하는 글을 썼다. "옛 사람들은 아내에게 죄가 있으면 내쳤지만 삼년상을 함께 치렀거나 돌아갈 곳 없는 사람은 비록 죄가 있더라도 내치지 않았다."(『서포

만필(西浦漫筆)』)는, 지극히 현실적인 사정에서부터 출발하였다. 그래서 "내치는 것도 의리이고, 내치지 않는 것 또한 의리다."라고 하여 경직된 논리를 벗어나고자 했다.

이어서 김만중은 "우리나라 사족의 부녀자는 개가하는 사람이 없어서 모두 돌아갈 곳이 없는 사람이 아닌 경우가 없다."는 특수성을 논거로 삼았다. 그리하여 비록 절개를 잃었다 해도 여느 음란한 여성과는 차이가 있으니 별처에 머물게 하면서 사당 제사는 함께하지 않더라도 자식의 어머니로서의 지위는 유지하도록 해주어야 한다는 일종의 절충안을 제시했다. 그러나 당대의 선비들은 속환한 여성을 내치는 것이 마치 선비들의 공론인 것마냥 몰아붙임으로써 어진 사람들조차 시류를 벗어나지 못하게 되었다고 개탄했다.

유교의 법도가 아무리 엄하다 한들 함께 살았던 가족까지 내팽개치면서 지킬 일은 아닐 것이다. 유교처럼 부부, 부자 관계 같은 지극히 자연스러운 가족관계에서부터 출발하는 윤리에서라면 더더욱 그렇다. 더구나 집을 떠나 정조를 지키는 데 문제를 야기한 것이 따지고 보면 타의에 의해 적국에 끌려갔던 당사자의 책임이 아니라, 나라를 제대로 못 지킨 당대의 지배계층인 유학자들이라면 더 말할 게 없겠다. 그러나 그런 명백한 사정을 살피지 않은 채, 오직 몸을 더럽힌 여자를 받아들일 수 없다며 내치기만 고집한다면 다음 번에 전쟁이 난다면 그런 지배계층의 지시에 따라 몸 바쳐 나설 사람이 누가 있을까

싶다.

항간에 '금도(襟度)'란 단어를 넘지 말아야 할 선 정도의 의미로 오인하는 경우가 많다. 아마도 사전에도 없는 '금도(禁道)' 정도로 이해한 탓이겠는데, 금도란 본디 남들을 포용하는 아량을 뜻한다. 원칙을 지켜 안정된 질서를 유지하겠다는데 탓할 사람이 없지만, 기껏 내세운 원리원칙이 의리를 저버리고 제 잇속만 챙기는 기만책일 때 그처럼 추하고 해로운 것도 없다. 매우 요상한 일이지만 딱한 사람은 저쪽에 있는데 이쪽 감싸기에 나서면서도 원칙 타령만 하려든다면 옛 선비든 요즘 정치인이든 조롱을 벗어날 길이 없다.

원칙도 의리고, 금도도 의리다. 그 둘 중 세상에 시급한 순서에 따를 것인지, 당장의 제 잇속에 따를 것인지에 따라 명운이 갈린다. 이 선택에서 고약스러운 일은, 사람들은 흔히 제 잇속을 따르면서도 언제나 의리를 내세운다는 사실이며, 그 속내를 감추기 위해서 더더욱 큰 대의를 내세운다는 사실이다.

6.

한 걸음 더

'글로벌(Global)' 대목(大木)

큰 무를 뽑으려면

백 리를 가는 데 90리가 반

우물 밖 개구리 예찬

신발 한 짝의 깨우침

투병(鬪病)의 승자

한 사람의 지혜로는 부족하다

강감찬과 벼락칼

개와 말, 귀신과 도깨비

황하(黃河)의 두더지

'글로벌(Global)' 대목(大木)

대학에 있다 보니 학교별 사업에 관여할 때가 있다. 재직하고 있는 학교의 계획을 세우기도 하고, 다른 학교의 보고서를 평가하기도 한다. 그때마다 가장 많이 접하는 단어가 '글로벌'이다. 학생을 선발해도 '글로벌'하게 하고, 교수 초빙 기준에도 '글로벌'이 앞에 서며, 캠퍼스 이름에 '글로벌'을 다는 게 이상하기는커녕 식상할 정도이다. 하긴 학문에 국경이 있다면 이미 구식이니 대학이 국경을 못 넘을 때 죽은 목숨이라 해도 과언이 아니다.

그러나 국제적으로 어디에나 통할 법한 수준에 이르는 것은 여간 어려운 일이 아니다. 언어 장벽을 넘는 것은 말할 것도 없고, 그간 이룩된 온 세상의 학문을 집대성해야 한다. 또 각국이 쳐둔 보이지 않는 장막을 걷어내야 하며, 어렵게 지식을 쌓았다 해도 그것을 제대로 전파하는 데는 넘기 어려운 장벽들이 있다. 당연히 큰 비용을 치러야만 하고, 누구나 원하기 때문에 거기에 도달하는 사람은 극소수로 제한된다. 냉정하게 말해, 역량과 관계없이 글로벌 기준에 맞추겠다고 덤벼들 때 실패 확률 또한 높은 것이다. 나가긴 해야 하는데 앞이 뿌열 때 난감하기 짝이 없다.

이 진퇴양난의 현실 앞에, 조선전기의 문인 최충성(崔忠成)이 남긴 말을 경청해볼 필요가 있다. "큰 나무는 대들보로 쓰고 작은 나무는 서까래로 써서 큰 것과 작은 것을 각각 알맞게 써 집을 짓는 것은 목수의 뛰어난 솜씨이며, 길고 좋은 나무만 골라 쓰고 짧고 나쁜 나무를 버리는 것은 목수의 서툰 솜씨이다."(《잡설(雜說)》) 집을 짓는 목수를 '대목(大木)', 가구를 만드는 목수를 '소목(小木)'이라고 하는 것은 단순히 크기만을 말하는 것은 아닐 것이다. 정말 '큰 목수'라면 큰 재료, 작은 재료를 적재적소에 잘 쓰며, 그로 인해 효율성도 키울 줄 알아야 한다. 그렇게 잘 지은 집이 생길 때, 비로소 정교한 소목장이가 만든 가구들이 들어앉을 공간도 생기는 법이다.

'글로벌'만 앞세우느라 구하기도 어렵고 다루기도 쉽지 않은 대들봇감만 찾는다면, 평생을 목재만 찾아 헤매다 끝날지도 모른다. 큰 나무는 대들봇감으로 살리고, 작은 나무는 서까랫감으로 살릴 때, 큰 나무도 살고 작은 나무도 산다. 길고 좋은 나무는 눈에 잘 띄고 힘을 많이 받는 곳에 쓰고, 짧고 나쁜 나무는 눈에 덜 뜨이는 자잘한 곳에 쓸 줄 알아야 나무의 소용도 극대화하고 비용도 절감할 수 있다. 물론 작은 나무로는 큰 나무 자리에 쓸 수 없지만 큰 나무로는 작은 나무 자리에 쓸 수 있다는 논리로 일단 큰 나무를 구하고 보자는 식의 태도가 아주 어긋나는 일은 아니다. 그러나 큰 나무는 그만큼 키우기도 어려운데 굳이 작은 나무 자리에 쓰는 일은 낭비가 될 뿐더러, 그로 인해 그렇지 않아도 소용이 적은 작은 나무를 위축시키는 일이다.

큰 그림을 그리겠다며 큰 붓질만 일삼는 화가는 일류 화가가 못되고 큰 집을 짓겠다며 큰 나무와 좋은 나무만 고집하는 목수는 일류 목수가 못된다. 큰 붓질의 힘과 작은 붓질의 섬세함이, 큰 목재의 중심잡기와 작은 목재의 떠받침이 어우러질 때, 글로벌의 큰 그림, 글로벌의 큰 집이 완성된다. 어서 빨리 좋은 세상이 와서 큰 나무의 출세가 작은 나무에게는 좌절이 되는 비극이 멈추어서기를 바란다. 큰 나무 덕에 작은 나무 자리도 생기고, 작은 나무 덕에 큰 나무가 더 빛나는, 진짜 글로벌한 세상이 열리기를 꿈꿔본다.

큰 무를 뽑으려면

크고 작음을 겨루는 자리라면 단연 큰 게 최고다. 그래서 광고에서조차 '큰 일꾼, 큰 사발'을 외쳤을 것이고, 작은 것이 큰 것 앞에서 맥을 못 추는 현상은 당연한 일이다. 오래 전, 어느 학원 강사는 "팥알이 백 번 구르나 호박이 한번 구르나 마찬가지다."라며, 자신의 강의를 한번 들으나 다른 사람 강의 백 번 들으나 마찬가지라는 논리로 학생들을 끌어 모으기도 했다.

> 옛날, 어떤 영감이 무 하나를 심었는데 매우 특별히 컸다. 영감 혼자 힘으로는 아무리 뽑으려 해도 뽑을 수 없었다. 그래서 할멈을 불러 힘을 보탰지만 요지부동이었다. 다시 손녀를 불러내 함께 해도 마찬가지였다. 강아지를 불러 함께 하고, 고양이까지 불러 뽑으려했지만 허사였다. 마침내 쥐까지 불러 힘을 보탰더니 무가 뽑혔다.

러시아민담에 있는 이야기로 우화이다. 실제로야 고양이와 쥐를 함께 불러내서 무 뽑는 데 동원할 수는 없을 테니, 영 허황된 이야기다. 그러나 그 시작부터 예사로 보아서는 안 될 장치가 있다. 지금도 "무 뽑듯이"라는 비유가 매우 쉬운 일을 가리킬 때 쓰는 것이고 보면 무를 뽑는 일에는 그리 큰 힘이 들어가지 않는다. 누구나 마음만 먹고 쭉 잡아당기면 쑥 빠지는 게 무이다. 그러니 쉽게 뽑지 못할 무라면 특별히 큰 무임이 분명한데 공교롭게도 무 임자는 노인이다. 보통 크기의 무를 기운 센 젊은 농부가 쉽게 뽑아내는 상황이 아닌 것이다.

그래서 차례로 힘을 보태게 되는데 그 순서가 점점 작아지는 데 유의해야 한다. 영감이 안 되니까 큰아들을 불렀다거나 동네 청년에게 도움을 청하는 게 아니다. 늙은이여서 힘을 못 쓴다고 판단될 때는 당연히 젊은이에게 도움을 요청하는 게 순리이다. 그런데 이 노인은 도리어 자신보다 힘을 더 못쓸법한 데다 손을 벌렸다. 여기에서 말하고자 하는 바는 우선, 그 작은 것들도 조금씩 힘을 보태면 어느 지점에선가 일어나는 질적 변화가 있다는 사실이 아닐까 한다. 더 적은 힘들을 보태 큰 힘을 만들어낸다는 역발상이 통하는 게 신기하다.

그러나 그보다 더 눈여겨볼 대목은 영감이 보탠 힘이 모두 집안에 있는 것들이라는 점이다. 여기에서 안 되면 저기를 생각하고 가까운데 있는 사람들은 공연히 하찮아 보이는 게 인지상정이다. 그래서 인복이 많다고 자부하는 사람보다 인복이 없이 이 모양이라고 한탄하는 사람이 더 많은 것 같다. 그런데 이런 관행이 쌓이게 되면 정말 주변 인물들이 무용하게 뒤로 나앉는 일이 많아진다. 큰 일을 하려면 으레 바깥에서 힘을 끌어들여야 한다는 일념으로 안쪽에 있는 사람들에게는 눈길 한 번 안 주기 때문이다. 그렇게 되면 어느새 자기 주변에는 큰일에 힘 한 번 못 보태보고 쓸모없는 존재로 취급받는 구성원이 늘어나기 마련이다.

지금도 어떤 집단이나 기관에 무슨 큰 문제가 생겨서 '비상대책위원회' 같은 게 구성되면 으레 그 위원장은 문제가 생긴 집단 바깥에서 구하곤 한다. 내부에서는 적절하게 타개할 방안이 없다고 보기 때문이다. 거기에다 위원들까지 외부인물로 대거 채우고 나면 내부 구성원들은 힘 한 번 못 써보고 들러리 신세로 전락하기 일쑤이다. 물론 그렇게 해서 잘 되면 다행이지만, 잘못되면 피해는 고스란히 내부 사람들이 지고 잘 되어도 그 공이 외부로 돌아가는 게 문제이다. 이제부터라도 뽑기에 힘에 부치는 큰 무를 만나거든 구인광고 생각은 잠시 접어두고 먼저 주변부터 살펴보면 좋겠다.

백 리를 가는 데 90리가 반

한 해의 끄트머리에 서면 마음이 조급해진다. 호기롭게 “대망의 한 해”를 운운하며 시작하지는 않았더라도 매듭지어야 할 일들이 제법 남아있다. 경험에 비추어 보자면, 한 해만 그런 게 아니라 한 생애도 얼추 그럴 것 같다. 하노라고 열심히 하기는 했다지만 영 소출이 마음에 들지 않는 것이다. 그러나 새로 시작하려니 아무리 100세 시대라고는 해도 언감생심이다. 이제 지나온 만큼의 힘을 더 쓰기 어려운 까닭이다.

대체로 일을 처음 시작할 때는 행운이 따른다. 처음이라고 하면 새로움에 도취되어 없던 힘도 샘솟는 데다 도움의 손길도 많다. 그러다 보니 초반의 내닫는 속도는 어마어마해서 어제 다르고 오늘 다른 기적이 일어난다. 그러나 반쯤을 넘어서게 되면 예전처럼 진도를 빼기도 어렵고, 그나마 이룬 데서도 크고 작은 결함들이 발견되곤 한다. “시작이 반”이라며, 무슨 일을 시작한 것만 해도 장하다고 추켜세우던 소리들은 점점 귀에서 멀어지고, 속도가 더디다고 질책하는 소리가 늘어간다.

이럴 때는 거꾸로, "백 리를 가는 자는 90리를 반으로 여긴다."(『전국책(戰國策)』)는 명언을 새겨두면 좋을 것 같다. 전국시대 말의 진(秦)나라는 초강국이었다. 진나라의 왕은 천하통일이 머지않다고 생각하여 향락에 빠져들었는데, 어느 날 90이 다 된 노인이 찾아왔다. 그는 100리 길을 왔는데, 집 떠나 90리를 오는 데 열흘이 걸렸으며, 다시 나머지 10리를 오는 데 열흘이 걸렸다고 했다. 이렇게 마지막 십리 길이 앞의 90리길만큼이나 어려웠기에 백 리를 가는 사람이라면 응당 90리 간 것을 반으로 쳐야 한다는 것이다.

세상 모든 일을 일류, 이류, 삼류로 나눌 수는 없겠지만 등급을 정하는 일에서라면 그 공식이 매우 그럴 듯하다. 일류와 이류를 가르는 기준이나 이류와 삼류를 가르는 기준은 어찌 보면 아주 작은 차이에 불과하다. 비율로 따져서 맨 끝의 10% 정도에 좌지우지된다고 해도 과언이 아니다. 그러나 그 아래의 90%를 쌓는 공력과 나머지 10%를 채워 올리는 공력을 비교하자면 어느 쪽이 더 크다고 선뜻 말하기 어렵다. 전체 100명이 겨루면서 100등 성적을 10등까지 끌어올리는 어려움과, 10등 성적을 1등으로 끌어올리는 어려움을 상상해보면 더욱 또렷해진다.

물론 세상일이 다 그렇지는 않겠다. 어떤 경우는 90리를 걸어온 관성과 탄력으로 10리를 거저 가기도 하겠고, 어떤 경우는 100리인 줄 알고 걸었는데 90리가 끝인 행운도 있을 법하다. 그러나 중요한 사실은 100리를 목표로 걷는다면 90리에 이르렀을 때는 작정한 힘의 90퍼센트를 다 쓴 상태라는 피할 수 없는 현실이다. 만일 사람이 아니라 기계라면 100리터의 연료로 100리를 갈 때 1리터 당 1리를 간다고 계산하면 한 치의 오차도 없이 정확하여 아무 고민이 없을 것이다. 그러나 사람은 기계가 아니어서 물리력의 한계를 계산하지 않을 수 없다. 남은 10퍼센트를 갈 힘을 소중히 남겨두지 않는다면 그야말로 번아웃 상태에서 길을 잃기 일쑤다.

우리가 비록 이야기 속 진왕처럼 천하를 통일하여 시황(始皇)이 될 깜냥은 못 되더라도, 올해 남은 10리길을 잘 가서 내년에는 새로운 길에서 새 꿈을 펼칠 수 있으면 좋겠다. 1년이 아니라 평생의 길이라 하더라도 마무리가 잘 되어서 다음 사람이 같은 길을 갈 때는 좀 더 수월하게 좀 더 멋진 길을 가도록 90리 지난 이정표를 소중하게 기억해야겠다.

우물 밖 개구리 예찬

우물 안 개구리는 우물 안이 세상의 전부인 줄 안다. 우물의 크기가 온 땅의 크기이고, 머리 들어 보이는 동그란 하늘이 하늘의 다인 줄 안다. 그래서 세상물정 모르고 저 잘난 줄 아는 사람들에게 '정저지와(井底之蛙)'의 딱지를 붙이곤 한다. 금강산 지역에 전해지는 전설 가운데도 그런 이야기가 있는데 결이 약간 다르다.

> 금강산 아래 깊이 패인 우물이 하나 있었는데, 우물 안에는 개구리 열 마리가 살았다. 위험하지도 않고 먹을 것도 부족하지 않아 만족스럽게 지내던 중, 어디선가 까치가 한 마리 날아들어 우물 안의 고요가 깨지고 말았다. 까치는 우물 밖의 꽃동산이며, 겨울의 설경 등에 대해 장황하게 일러주었다. 그러나 태어나서 우물 밖을 나가본 일이 없는 개구리들은 그 말을 믿을 수 없었다. 개구리들은 세상에서 어디가 제일 좋으냐고 물었다. 까치는 금강산이라고 했다. 그러나 그들이 있는 우물이 금강산에 있었지만

금강산을 한 번도 본 일이 없으니 정말 좋은지 알 수가 없었다. 그래서 체구가 제일 좋은 대표를 하나 선발해서 우물 밖 나들이에 나섰다. 까치는 그 개구리를 낚아채다 금강산 한켠에 내려놓았다.

개구리는 눈이 휘둥그레져서 금강산의 경치를 구경하다가 옥녀봉을 마주하게 되었다. '대체 저 위에 무엇이 있길래 금강산이 좋다고 야단인지, 친구들에게 일러주려면 한번 가봐야겠다.' 개구리는 한 발 두 발 온 힘을 쏟아 옥녀봉 중턱에 올랐다. 거기에서 내려다본 금강산은 도저히 눈을 뗄 수 없는 절경이었다. 급기야 집으로 돌아갈 생각도 못한 채 하루이틀을 거기에 빠져 지내다가 개구리는 바위가 되어 '개구리바위'로 남아있다.

현실로야 개구리처럼 생긴 바위에 그럴듯하게 붙인 전설일 뿐이지만 이야기의 속내는 따로 있다. 그 개구리로 말하자면 우물 안 여러 개구리들 중에 우물 밖을 벗어난 유일한 개구리였다. 여기까지는 큰 체구 덕에 선발된, 자의반타의반의 나들이인데 문제는 바로 그 다음부터이다. 갑자기 맞닥뜨린 멋진 봉우리를 보고 올라가야겠다고 생각했던 것이다. 다 아는 대로 개구리는 양서류로 물과 뭍을 오가며 지내는 동물이다. 그런데 이 개구리는 개구리의 주무대인 물과는 180도 다른 산을 향해 기어올랐다. 오로지 우물 안에 살고 있는 친구들에게 큰 세상의 소식을 알리고자 엉금엉금 어렵사리 올랐던 것이다. 그래서 마침내 천하의 절경을 내려다보는 명당자리에 좌정하게 되었다.

이 이야기를 다 듣고 나서, 그렇더라도 대체 우물 안에 남은 개구리들에게 무슨 이득이 있냐고 따져 묻는 이가 있다면 답답한 노릇이다. 누군가 좁은 울타리를 나서본 이가 있다는 것만으로도 이미 새로운 시대를 연 것이라 일러주고싶다. 개구리의 툭 튀어나온 눈은 그 경이로움을 드러내기 적절한 증표이다. 또, 개구리가 그만 무생물인 바윗덩어리로 변했다니 이처럼 비극적인 일이 어딨느냐며 나무란다면 더 이상 말을 말아야 한다. 신화 같은 옛이야기에서 가장 중시하는 돌의 속성은 불변성이다. 돌이 되어 생명이 멈추었다기보다는 영속하는 존재로 남게 되었다고 풀어낼 여지도 크다. 물을 떠나서는 살 수 없는 몸으로도 열심히 산을 오르는 세상의 모든 개구리들에게 박수를 보낸다.

신발 한 짝의 깨우침

신발 한 켤레가 나란히 놓여있는 모습은 안정감을 준다. 신발을 벗어두고 앉아야 하는 식당에 가면 손님들이 벗어놓고 간 신발을 정성스레 정리하는 이유도 그런 데 있을 것이다. 물론 너무 피곤하거나 급하면 신발을 내팽개치듯 벗어두게 되는데, 그런 모습을 보는 것만으로도 숨 가쁘게 살아온 모습이 연상되어 안쓰럽다. 그러나 그보다 더 한 것은 한 켤레가 아니라 한 짝만 있는 경우이다. 보이지 않는 나머지 한 짝의 행방이 궁금해지면서 무슨 사고가 난 것은 아닌지 걱정되기 때문이다.

충남의 유명한 사찰인 수덕사에 흥미로운 이야기가 전해진다.

> 절이 퇴락하여 중수(重修)해야 했으나 형편이 어려웠다. 이때 어떤 어여쁜 여인네가 나타나 그 일을 자임하고자 했다. 그녀라고 뾰족한 방법이 없었다. 그러나 그녀의 미모에 반한 사람들이 그녀에게 구혼했고, 그녀는 절을 중수하기만 한다면 받아들일 수

> 있다고 답했다. 한 사내가 그 일을 기꺼이 하여 마침내 불사가 끝났고, 사내는 그 여인을 찾아 절로 들어섰는데 여인은 이내 뒷문으로 달아났다. 사내가 황급히 그녀를 잡아보았으나, 버선 한 짝만 남기고는 절 뒤의 바위틈 속으로 들어가버렸다. 대개의 전설이 그렇듯이, 그래서 그 흔적을 담고 있는 바위가 '관음바위'이며, 관음바위 주위에 버선 모양으로 피는 꽃이 '버선꽃'이라는 뒷이야기를 남기고 있다.

관음바위라고 했다는 것은 이야기의 주인공이 여느 사람이 아니라 관음보살이라는 뜻이다. 보살이 아리따운 자태의 여인이 되어 사내 앞에 선 뜻은 사내의 욕망을 채워주기 위함이 아니라 사내를 깨쳐주기 위함이라는 속뜻이 읽힌다. 돈으로 여인의 마음을 사보겠다고 덤벼드는 일과, 재물을 희사하여 절을 중수해보겠다고 나서는 일은 극과 극인데, 그 양극단을 하나로 비끄러매었으니 과연 관음보살답다. 속되게 시작한 일이 비록 실패나 무위에 그치더라도 그 덕에 성스러운 과업에 닿을 수 있다면 그만한 기적이 없을성싶기 때문이다.

그러나 그런 기적이 이야기 속에서나 있는 것으로 치부할 때, 나는 성스럽고 고상하지만 너는 속되고 상스럽다는 식의 대립에서 벗어날 길이 없다. 비록 속된 일에 매몰되어 살더라도 성스러운 일에 다가설 수 있다는 희망이 우리를 더 나은 삶으로 이끌어준다. 외국인 여학생을 사귀어볼까 하는 마음에 외국어를 배우기 시작했다가 외국문학의 대가가 되었거나, 돈벌이를 위해 성당을 짓는 건축사업에 뛰어들었다가 독실한 신자가 되는 일이 현실에서 허다하게 벌어진다. 물론 그 반대의 경우 역시 얼마든지 가능한 일이어서 공부하러 외국 유학 갔다가 도박빚만 지고 올 수도 있을 것이다. 여기에서 중요한 문제는 그 방향이다. 신발 한 짝은 비속한 데 두고 나머지 한 짝을 성스러운 데 두며 올라설 것인지, 반대로 성스러운 데서 출발하였으나 끝내 비속한 데로 떨어질 것인지가 관건이라 하겠다.

신데렐라와 콩쥐가 잃어버린 신발 한 짝이, 관음보살이 남긴 버선 한 짝이 우리를 좀 더 넉넉하고 온전한 삶으로 인도해주길 고대해본다. 신발 두 짝이 한 켤레가 되는 소중한 가르침 속에서 더욱 넉넉해지기를 소망해보는 것이다.

투병(鬪病)의 승자

지난 몇 년간 뉴스 보기가 겁이 났다. 이름도 생소한 바이러스가 세상을 점령한 듯하더니 온 세상 사람들을 옴짝달싹 못하게 옥죄었다. 예전 같으면 '역질(疫疾)'이나 '괴질(怪疾)'로 불렸을 질병인데, 지금처럼 의학이 발달하기 전에는 병에 따라 그 대처가 달랐다. 가령 감기처럼 좀 만만한 병에는 '고뿔(코의 불)'같이 범상하게 이름을 붙여 대수롭지 않게 넘기지만, 천연두처럼 힘이 세다싶은 병에는 '마마' 같은 존칭을 동원해 병을 잘 모셨다. 일단 인간의 힘으로 함부로 할 수는 없는 상대 라면 조심조심 잘 모셔서 그저 속히 나가주십사 하는 처분만 기다릴 뿐이었다.

신라의 고승 혜통(惠通)은 고질적인 질병을 퇴치한 인물인데, 『삼국유사』의 〈혜통이 용을 항복시키다(惠通降龍)〉에 전하는 내용은 이렇다.

> 혜통은 어려서 수달을 잡아 뼈를 발라 버렸는데, 그 뼈가 사라

졌다. 핏자국을 따라가 보았더니 뼈가 새끼들을 끌어안고 있었다. 혜통은 깨친 바가 있어 출가를 하였고, 당나라에 들어가 무외(無畏) 스님 밑에서 불법을 공부했다. 마침 당나라 황실의 공주가 병이 들자 무외는 혜통을 보내 병을 고치게 했다. 혜통은 그 병의 원인이 독룡(毒龍)인 걸 알고 신통한 술법을 써서 물리쳤다.

그런데 용은 거기에 앙심을 품고 신라로 건너가 사람들을 해쳤다. 신라에서는 정공(鄭恭)을 사신으로 보내 도움을 청했고, 혜통은 신라로 돌아왔다. 용은 정공을 원망하여 그 집 버드나무에 붙어 왕명을 어기게 이끌어 처형당하게 했다. 그런데 이번에는 신라의 공주가 병이 들었고, 다시 혜통이 나섰다. 혜통은 공주의 병을 고친 후, 정공의 억울함을 풀어주도록 했다.

한편 용은 다시 산속으로 들어가 웅신(熊神)이 되어 백성들을 괴롭혔는데, 혜통은 용을 깨우쳐 불살계(不殺戒)를 내렸고, 비로소 평화가 찾아왔다.

혜통의 경우에서 보듯이 병을 고치는 데도 단계가 있다. 낮은 단계에서는 병을 병자의 밖으로 내모는 데에만 중심을 둔다. 몸속의 독룡을 몸 밖으로 몰아내면 그만인 것이다. 그러나 그 다음 단계에서는 병자의 삶에 관심이 두어지고 병의 퇴치와 함께 삶을 반성하게 한다. 그리고 맨 마지막 단계에서는 병마로 지목되는 대상을 찾아 위무하여 원을 풀고 화합하게 한다. 병을 몰아내기만 하면 그뿐이라고 생각하면 의술은 한낱 기술에 지나지 않는다. 그러나 의술이 인간의 몸과 관련된 것임을 헤아려 병이 있는 사람까지 고쳐보는 데 마음이 미친다면 의술은 인술(仁術)이 된다. 나아가 그 병을 고치는 과정에서 세상의 불화까지 다스려 평화를 불러온다면 의술이 곧 성업(聖業)이 된다.

인류의 오랜 역사를 돌이켜볼 때, 이 바이러스 사태 또한 곧 종식될 것이다. 그러나 이 불편하고 지루한 싸움의 진정한 승자는 질병 퇴치는 물론 질병으로 인해 흐트러진 사람들을 다독이고 잃어버린 초심을 되돌아보게 하는 사람일 것 같다. 의술이 아니라 세상을 위해 나선 이라면 얼추 다 그럴 것이다. 혜통으로 말하자면 재미 삼아 살생을 하여 불교 공부에 들어선 인물이니 결국은 모든 살생을 금하는 참된 세상으로까지 가는 게 가장 큰 공부였다. 가까이 있는 병마를 이기고 사람을 고쳤지만, 궁극의 문제는 세상을 고쳐놓는 일. 투병의 승자는 마침내 건강한 세상을 만들어내는 큰 의사일 것이다.

한 사람의 지혜로는 부족하다

누군가 나라에 돈이 없는 게 아니라 도둑놈이 많다고 했다. 많은 이들이 거기에 공감했던 이유는 나라의 재물은 월등하게 늘었는데도 여전히 어려운 사람들이 많기 때문일 것이다. 그런데 재물이 아니라 지혜라면 어떨까? 재물의 속성은 나누는 순간 줄어들기 때문에 움켜쥐려는 성향이 강하다지만, 지혜야 나누어 써도 줄지 않고 가진 지혜를 일러주겠다며 제가 먼저 나서는 일도 많으니 사정이 다를 것 같다.

> 어떤 고을에 후처에 빠진 선비가 살았다. 전처의 딸이 혼례를 치르는 첫날 밤, 어떤 도적이 군복 차림으로 칼을 휘두르며 신랑은 밖으로 나오라고 소리를 쳤다. 누가 봐도 치정극이 벌어지는 상황인데, 신랑이 두려워 나가려 하자 신부가 처리하겠다며 나섰다. 그러더니 그 도적을 부둥켜안고 어쩌려고 이러시냐고 했다. 그러자 도적은 칼을 던지고 머리를 숙였는데 집안사람들이 불을 켜고 비춰보니 계모였다. 계모가 계략을 꾸며 전실 자식을 의심

> 사게 해서 혼사를 망치려는 것이었는데 딸이 그걸 알고 막아선 것이었다.
>
> 그러자 신랑은 곧바로 행장을 꾸려 제 집으로 돌아갔고, 계모는 딸이 자기를 모함했다며 신부를 죽여서 묻었다. 한참 뒤에 신랑이 와보니 신부가 병들어 죽어 장사지냈다고 했는데, 신랑이 무덤을 파헤쳐 염한 것을 풀어보니 옷에 핏자국이 얼룩져 있었다. 신랑은 다시 새 옷으로 입혀 염을 하여 장사 지내고 장인에게 그 내막을 일렀고, 장인은 후처를 내쫓았다.

이 이야기는 조선조 최고의 선비로 꼽히는 이덕무가 쓴 〈혜녀전(慧女傳)〉이다. 악한 계모이야기의 틀을 가지고 있으나 '-전(傳)'을 표방한 것을 보면 실화였을성싶다. 표제에 달아둔 대로 한 지혜로운 여자 이야기로 읽히고, 글쓴이 역시 "여자의 지혜로움이여!"로 시작하는 평결을 달아두었다. 남편을 구하고 남편의 의심을 풀었으니 지혜롭다는 것이다. 그러나 글쓴이는 바로 이어서 "아, 남편의 지혜롭지 못함이여!"로 통탄한다. 아내의 계모가 어떤 사람인 줄 알고도 아내를 두고 혼자 가서 아내를 해치게 하였으니 지혜롭지 못함이 심하다는 것이다.

부부는 일심동체라지만 그렇게 엇갈리는 게 많아서 탈이 되곤 한다. 가령 남편은 후덕한데 아내는 인색하다면 매사에 어긋남이 심하게 된다. 그나마 중간의 절충점을 찾는다면 평균치는 된다겠지만, 어떨 때는 지나치게 후했다가 어떨 때는 지나치게 박하게 되어 주변을 혼란스럽게 할 게 눈에 뻔하다. 이야기 속의 아내는 지혜롭기 이를 데 없어서 계모의 농간을 피해 남편의 목숨을 구하기까지 했다. 그러나 아내의 지혜 덕에 제 목숨을 구한 남편은 아내를 돌보지 않고 줄행랑을 하여 뒤따르는 엄청난 비극을 막아내지 못했다. 물론 이 집안 사정을 더 따지고 들면 사리분별 못하는 아버지가 제일 큰 문제이겠지만 사위의 좁은 속이 통탄스럽다.

이야기에서만 그런 것이 아니다. 지혜로운 사람을 구하기도 어렵지만, 귀한 지혜를 제대로 쓰기는 더 어렵다. 재물만 그런 게 아니라 얻기는 어려워도 잃기는 쉬운 게 바로 지혜인데, 정말이지 세상에 지혜가 없는 게 아니라 도둑놈이 많은 것 같다. 남들의 지혜를 가져다 제 잇속만 챙기는 도둑이 판을 치는 한 백약이 무효이다.

강감찬과 벼락칼

일기예보도 없던 시절, 자연에 무방비로 노출되다 보면 벼락 맞을 일도 많았을 것 같다. "벼락 맞아 죽을 놈"이라는 욕이 있는 걸 보면, 벼락 맞아 죽는 일이 그리 심심찮게 있었던 듯하다. 그럼에도 불구하고 조상 중에 벼락 맞아 죽었다는 사람이 없는데, 실제 없어서라기보다는 벼락 맞는 일을 천벌로 여겼기 때문으로 보인다. 대체 얼마나 잘못했으면 하늘이 벼락을 내렸겠느냐는 곱지 않은 시선을 익히 짐작할 만하다. 그런데 사람들이 벼락 맞아 벌을 받는 일과 관련하여 재미난 설화가 하나 있다.

> 옛날에는 사람들이 잘못하면 벼락 맞아 벌 주던 일이 아주 흔했다. 그래서 부모에게 불효해도 벼락 맞고, 형제간에 우애 못해도 벼락 맞고, 밥알 하나만 시궁창에 잘못 버려도 벼락을 맞곤 했다. 그래서 사람들이 당최 아무 일도 마음 편히 못하는 지경이 되고 말았다. 그때 강감찬 장군이 그 문제를 해결하고자 등장했다.

> 역사 속의 강감찬이 그랬을 리가 없지만, 적어도 강감찬쯤이 되어야 그 정도 문제를 해결할 수 있다고 믿었을 터였다. 강감찬은 일부러 샘 가장자리에 앉아 똥을 누었다. 그러자 영락없이 하늘에서 벼락칼이 내려왔고 강감찬은 그 벼락칼을 분질러버렸다. 그 뒤로는 벼락칼이 도막칼이 되어서 그 위세가 전만 못하게 되었다.

이 설화를 향유하던 사람들의 심리가 훤히 보인다. 잘못한 일이 있으면 벌을 받는 게 마땅하지만, 크든 작든 모두 벼락으로 끝장을 보려 하면 아무 일도 마음대로 할 수 없다는 것이다. 물론 현대의 법치국가에서라면 법에 정해지지 않은 형벌이나 형량을 임의로 내릴 수 없을 테니, 그저 미개하던 시절 이야기로 치부해도 그만이겠다. 그러나 법정 바깥에서는, 맛집 앞에서 줄을 서다 새치기하던 사람까지 색출하여 벼락을 내려야겠다는 사람이 차고 넘친다.

현실에서도 그런 면이 없지는 않으나, 특히 인터넷 판에서는 도무지 자비가 없다. 얼굴이 보이지 않고 이름을 가린 상태에서 온 세상이 칼잡이투성이다. 청소년의 사소한 비행에도 종신형을 운운하고, 법정에 가기는커녕 서로 사과하면 그만일 일에 사생결단의 기세로 욕설을 퍼부어댄다. 누구라도 할 수 있을 법한 자잘한 실수에도 멸문의 화가 딱이라는 식의 댓글이 줄을 잇고 보면 무서워서 못 볼 지경이다.

어차피 벼락을 내릴 바에야 모든 잘못에 똑같이 내리겠다면 그나마 덜 혼란스러울 텐데, 우리편은 모르겠고 상대편만큼은 그냥 두지 못하겠다며 망나니 칼춤 추듯 벼락칼을 휘둘러댄다. 나에게는 엄정하고 남에게는 관대하게 하는 전통의 윤리와는 아예 180도 다른 길로만 내뺀다. 급기야 1년에 한번 나올까 말까한 선행 기사에도 색안경을 들이대고 정치색을 도배하기 일쑤이다. 오죽하면 어떤 포털 사이트에서는 댓글 기능을 없애기까지 했는데, 가상의 공간에서 하던 칼질이 현실 공간이라고 다 사라지는 것은 아니어서 현실에서도 흡사 한바탕의 부조리극 같은 대화가 횡행한다.

만일 이야기 속 강감찬 장군이 이 꼴을 본다면 후회막급 끌탕을 할 것 같다. "쯧쯧. 내 목숨을 걸고 벼락칼을 토막냈건만, 자괴감이 든다!"

개와 말, 귀신과 도깨비

그림을 그려보면 제일 어려운 게 사람 얼굴이다. 얼굴에는 저마다의 개성이 있고 살아온 이력이 담기기 때문일 것이다. 그러나 그렇게 따지자면 어렵지 않은 게 없겠다. 몇 백만년을 지내온 산도 그렇겠고, 마을 어귀의 수백 년 된 나무도 그럴 것이니까 말이다. 그러니 사람 얼굴이 그리기 어려운 까닭은 어쩌면 그 친숙함에 있다. 늘 대하며 늘 보고 늘 살피는 것이 바로 얼굴이어서 조금만 다르면 아주 다르다고 느끼기에 함부로 했다간 금세 들통이 나는 법이다.

『한비자』에 바로 그런 이야기가 나온다. 제(齊)나라 임금이 화공에게 무엇이 제일 그리기 어려운가 물었다. 그랬더니 뜻밖에도 개와 말이 어렵다고 했다. 가장 쉬운 것은 무엇이냐고 물었더니 이번에는 귀신과 도깨비라고 답했다. 개나 말은 늘 가까이서 보는 것이어서 조금만 잘못 돼도 사람이 알아보지만, 귀신과 도깨비는 본 사람도 적고 보았다는 것도 제각각이어서 아무렇게나 그려도 그럴 수 있다고 믿기 때문이다. 한비자가 이런 이야기를 한 이유는 가장 쉬운 일, 이른바

일상사를 편안하게 가꾸는 것이 제일 어려운 이치를 일깨우기 위함이다.

한비자 같은 현인의 말이 아니더라도, 삶의 요체가 바로 그런 데 있음을 잊어서는 안 된다. 가장 중요한 것은 그렇게 가까운 데 있는 게 분명하고, 가까운 데서 출발해서 멀리 가는 것이 유가(儒家)에서 추구하는 학문의 본령이기도 하다. 그러나 요즘 들어 가까운 데 있는 친숙한 것이 천시 받는 느낌이 부쩍 늘었다. 빌보드 차트를 누비는 가수가 아니라면, 고향 축제의 초대가수쯤은 학예회 수준으로 치부하곤 한다. 공중파 방송 드라마의 주인공을 맡은 배우조차 국제적인 배우가 아닌 국내용이라며 자조하기에 이른다. 그러나 그렇게 한없이 높은 데에서 아래로 내려다보는 포즈를 취하기 시작할 때, 그렇게 보는 이의 삶이 길을 잃는 수가 많다.

당장 풍경화를 하나 그린다고 해보자. 익숙하기로 말하자면 자기 주변의 풍경화가 우선 순위에 들 게 분명하다. 그러나 익숙한 풍경에는 왠지 마음이 끌리지 않는다. 그렇게 멋져 보이지 않기 때문이기도 하지만 열심히 그려놓고 보아도 자꾸 어색해 보이는 구석이 있기 때문이다. 자신이 너무도 잘 알고 있는 터라 그렇게 세밀한 데까지 그리지 못한 부분이 금세 포착되어 마음에 쏙 들지 않는 데다, 주변 사람들 역시 마찬가지여서 금세 입을 대기 마련이다. 그러나 한 번도 가보지 않은 지구 반대편의 풍경이라면 상황이 정반대이다. 일단 낯설어서 신기해보이는 데다 그림의 본이 되는 사진 역시 전문가가 찍어 올린 명품이다. 그러니 대충 그려도 좋아 보이고 조금씩 어긋나게 그려도 눈치 챌 사람이 별로 없다. 그러나 유감스럽게도 그렇게 그린 그림이 명화가 될 확률은 거의 제로에 가깝다. 화가의 삶과 완전히 유리되어 있기 때문이다.

물론, 개와 말을 잘 관찰한 사람이 꼭 귀신과 도깨비를 잘 그린다고 할 수는 없다. 사람마다 전문분야라는 게 있어서 개를 잘 그리는 사람 따로, 도깨비 잘 그리는 사람 따로 있는 게 당연한 일이다. 그러나 가까이 있는 것을 관찰하는 습관을 들이지 못하게 되면, 멀리 있는 것들은 더더구나 대충 그리기 쉽다. 반대로, 보이지 않거나 눈앞에 없는 것을 상상해서 채워 넣는 실력을 키우지 않으면, 깊이 있는 본질에는 이르지 못하고 피상적인 재현에만 머물 공산이 크다. 개도 잘 그리고 귀신도 잘 그리기가 그래서 어렵고, 아무나 다 대가가 못 되는 이유 또한 그리 대단한 데 있지 않겠다.

황하(黃河)의 두더지

세상을 살아보면, 모자란 구석이 있으면 또 남는 구석이 있다. 모자란 사람 못지않게 '남는 사람'들도 제법 많은 법이다. 그들에 대자면 변변히 내세울 것 하나 없는 보통의 우리네는 위축되기 십상이다. 여기에 한 술 더 떠서 그들이 도인(道人)처럼 우리들 위에서 일갈하게 되면, 정말이지 쥐구멍이라도 찾고싶은 심정이다.

그 중 가장 많이 들은 일갈 중에 이런 게 있다. "뱁새가 깊은 숲에 둥지를 튼다 해도 나뭇가지 한 개에 지나지 않으며, 두더지가 황하 물을 마신다 해도 배를 채우는 데 지나지 않는다."(『장자(莊子)』) 참 좋은 말이다. 사람마다 깜냥이 있으니 깜냥을 넘어서려 하지 말라는 데 무슨 토를 달 것인가. 끽해야 나뭇가지 하나의 공간이면 족하고, 배 하나 채우면 그만일 것을 아등바등해서 무엇하겠는가 자문해보게 된다.

그러나 이 말이 때로는 가혹하게 다가오기도 한다. 성실하게 땅속을 헤집다가 겨우 머리 하나쯤이나마 땅밖으로 몸을 내밀어보려던 두더지 입장에서라면 청천벽력인 것이다. 두더지가 바보가 아닌 이상,

바다같이 너른 황하 물을 다 먹겠다고 덤벼들 리 만무하다. 그저 고단한 일손을 놓고 잠시 목이나 축여보자 했을 텐데도 욕심이 많다고 야단을 맞는다면 얼마나 억울한 일일까. 두더지 속내가 어떠한지는 아랑곳하지 않고 “네깐놈이 얼마나 먹겠다고 그 욕심이냐?”며 종주먹을 대는 데는 할 말을 잃고 만다.

아닌 게 아니라 만나고 나면 유독 기운이 빠지게 하는 사람들이 있다. 상대가 무엇을 한다고 하든 시큰둥한 반응을 보이는 건 기본이고, 끝없이 아득한 지점을 들먹이며 절대로 너는 그렇게 될 수는 없다며 훈수하는 이들이다. 그런 이들이 보기에는 온 세상을 바꿀 만한 글이 아니라면 써봐야 종이 낭비에 불과하고, 국부(國富)를 뒤흔들 만한 재력을 갖출 게 아니라면 한푼 두푼 모으는 게 안쓰러울 따름이다. 바둑을 둔다 치면 아마추어 최고는 고사하고 국수(國手)라고 해봐야 알파고 아래라는 식이다.

그러나 그런 대단한 도인들이 모르는 게 있다. 두더지가 땅속에 산다고 눈이 없는 것이 아니라는 사실이다. 땅속에 처박혀 사는 신세이니 눈 쓸 일이 없겠다며 비아냥대겠지만 두더지에게도 황하 물을 구경하며 시원한 바람을 누릴 권리가 있다. 더구나 땅을 파느라 단련된 단단한 앞발은 훌륭한 노가 된다. 그러니 제 아무리 잘난 도인이더라도 두더지에게는 땅밖으로 나올 권리도 없고, 두더지가 헤엄치는 것은 상상도 못하겠다는 폭언을 해서는 안 된다. 잠깐 땅밖에 나와 일광

욕도 해보고, 큰 강물에 몸을 띄워 물놀이나 한번 해보겠다는데 웬 참견이 그리 많을까 싶다.

두더지는 열심히 땅밑을 휘젓고 다니며 새들은 제 둥지를 스스로 짓는데, 제가 다니는 길 한 번 내지 못하고 제가 사는 집의 벽돌 한 장 제 힘으로 마련하지 못한 주제에 신소리나 해댄다면 그들이 닦은 도(道)는 대체 어디다 쓸 것인가? 그런 신소리를 충고랍시고 던져대는 덜떨어진 도인들이 있거들랑 점잖게 한마디 해주어야겠다. “내 배는 내가 알아서 채운답니다. 배곯아 허덕일 일도, 배 터져 죽을 일도 없지요.”

7.

세상에 드리운 그늘

황금 무덤

옛날, 도둑 셋이 함께 무덤을 도굴했다. 마침 황금도 많이 나온 터라 일단 먹고 즐기며 기분을 내기로 했다. 한 사람이 선뜻 나서 술과 밥을 사러 나가며 생각해 보니 나머지 둘을 없애고 독차지 하는 게 좋을 성싶었다. 그는 음식에 독을 넣어 돌아갔다. 그러나 나머지 두 도둑은 미리 작당하여 음식을 들고 오는 도둑을 때려 죽였다. 한 사람 몫을 줄이기 위함이었다. 그렇게 남은 둘은 음식을 배불리 먹은 후 나란히 무덤 옆에서 죽었다.

박지원의 『열하일기』 〈황금대기(黃金臺記)〉에 나오는 이야기이다. 짤막한 우화 형식으로 제시되어 있는데, 그 제목부터 '황금'의 문제를 적나라하게 드러내려는 의도가 엿보인다. 황금대는 중국 전국시대 연(燕)나라의 소왕(昭王)이 황금을 쌓아놓고 천하의 인재를 불러 모았다는 곳이며, 그렇게 하여 강한 제(齊)나라를 쳐서 원수를 갚겠다는 것이었다. 물론 이로 인해 인재가 모여들어 나중에 소기의 성과를 거둔 것은 사실이나 천하의 박지원이 돈으로 사람을 모으는 빤한 방법을 옹호할 리는 만무하다.

그래서 제시한 우화가 바로 위의 세 도둑 이야기이다. 도둑질 자체가 나쁜 일이기도 하지만, 그 가운데에서도 도굴만큼 파렴치한 일도 드물다. 아무런 대비를 할 수 없는 곳을 대상으로 삼을 뿐만 아니라, 사람의 마지막 안식처의 평온까지 해치기 때문이다. 그런 파렴치한 도둑들이니 친구 간의 의리 따위를 헤아리길 기대하기 어렵겠고, 같이 일한 사람들을 오로지 제몫을 빼앗아가는 경쟁상대로만 여긴 것이 문제의 화근이었다. 한 사람이 죽으면 3분의 1이 늘고, 두 사람이 죽으면 3분의 2가 늘어간다는 초급 산수의 셈법으로 결국은 모두 죽고 말았다.

어느 쪽이 더 가져가든 총량은 변하지 않는 제로섬 게임은 피곤하기 그지없는 게임임이 분명하다. 이런 게임에서는 대체로 내가 가져가면 다른 이가 못 가져간다는 생각보다는 다른 이가 가져가면 내가 못 가져간다는 생각이 앞서서 남보다 먼저 가져가기에 혈안이 되곤 한다. 결국 승자가 더 많이 갖게 되는 이유는 패자의 몫을 더 많이 취한 탓이어서 개운치 않은 뒷맛을 남긴다. 그럼에도 불구하고 이 고약한 셈법이 여전히 힘을 발휘하는 이유는 사람을 움직이는 데 이만큼 강력한 유인책이 드물기 때문이다. 단순히 자기가 더 가질 뿐만 아니라 남들을 덜 갖게까지 함으로써 둘의 격차를 훨씬 더 크게 벌려놓고,

마침내 그로써 제 능력이 실제보다 훨씬 더 도드라지는 효과를 주게 된다.

그 고약한 셈법이 바뀌지 않는 한, 황금은 돌고 돌아 또 다시 수백 수천의 생명을 해칠 운명이다. 이 점에서 황금의 소용은 어쩌면 사람들을 불러 모으는 데까지, 딱 거기까지만인지도 모르겠다. 죽인 동료를 옆에 두고도 태연히 음식을 넘길 수 있는 심성에는 눈 감은 채 역사의 진전을 기대하기는 무망한 일이다. 누군가에게 손해를 끼쳐 내 이익이 늘리는 걸 투자이며 사업이라고 셈하는 사람들을 백날 모아봐야 세상이 좋아질 리 만무하고, 그저 황금 무덤만 키울 뿐이다. 황금대의 황금은 다 없어졌지만 국사(國士)는 오지 않는다는 박지원의 탄식이 여전히 아프게 다가온다.

어부지리(漁父之利) 유감

싸우지 말라고 배웠다. 사이좋게 지내는 게 최고라고 들었다. 배우고 들은 대로 행하는 사람이 착한 사람이라고들 했다. 그래서 그렇게 지내려고 애를 썼고 너나없이 대체로 착하다는 축이었던 것 같다. 그러나 거기에 대한 환상이 깨지는 데는 그리 오랜 시간이 걸리지 않았다. 고작 초등학교 고학년이나 중학생쯤이면 고개를 갸우뚱하게 되었던 듯하다. 우는 아기 젖 주는, 간단한 이치가 싸움의 효용을 일깨워 주기 때문이다.

중국 전국시대, 연(燕)나라에 기근이 들었다. 남쪽으로는 제(齊)나라, 서쪽으로는 조(趙)나라와 국경을 맞대고 있던 연나라는 마침 제나라와 전쟁 중이었다. 조나라마저 들썩인다면 당해낼 재간이 없었다. 그래서 천하의 유세객 소대(蘇代)를 조나라에 보냈다. "오던 길에 조개가 입을 벌리고 햇볕을 쬐는데 그걸 황새가 쪼았고 조개는 입을 꽉 다물었지요. 서로 그렇게 놓지 않고 버티다가 그만 지나던 어부가 그 둘을 다 잡고 말았답니다."

쓸데없이 서로 힘겨루기나 하다가는 둘 다 망할 수가 있으니 싸우지 말자는 말이다. 엉뚱한 어부에게나 이익이 되느니 우리끼리는 사이좋게 지내는 게 낫지 않겠느냐는 그럴싸한 제안이다. 그런데, 역사에는 가정이 없다지만, 소대가 연나라가 아니라 제나라의 부탁을 받고 조나라에 갔더라면 어찌 되었을까? "지금 조개가 황새와 싸우느라 지쳐있는데 굶주리기까지 했습니다. 이럴 때 슬쩍 조개를 위협해주신다면 힘 안 들이고 조개 고기를 맛보실 수 있을 겁니다."라고 했을지도 모른다.

나를 위해 해준다는 말이 가끔 무서울 때가 있다. 평소에는 전혀 아는 체도 안 하고 지내던 사람이 느닷없이 다가와서는, "이게 다 선생님을 위해 하는 말입니다. 우리는 힘을 합쳐야 합니다. 자칫하면 엉뚱한 사람에게 좋은 일을 하는 꼴이니까요."라고 속삭인다. 그러나 거기에 대고 흰자위라도 슬쩍 보일 양이면 곧장 일어나 그 '엉뚱한 사람'을 찾아갈 기세이다. 정말 나를 생각하는 마음이 그렇게 간절했다면 그 길고긴 시간 동안 어찌 드러나지 않았을까싶다.

선거철이 다가오면 '잡동사니[雜同散異]'들이 판친다. 말 그대로 뒤섞이면 하나이고 흩어놓아야 겨우 달라보이는 것들인데도, 저만의 특별함을 대단히 강조한다. 거기에다 자기와의 연대가 얼마나 중요한지 입에 침을 튀기며 덤벼든다. “우리는 하나입니다, 힘을 합치지 않으면 저편 사람만 이득을 봅니다!”가 메아리친다. 죽 쒀서 개 좋은 일 할 수 없으니 좀 마음에 들지 않더라도 자기를 뽑아야 한다고 은근한 으름장을 놓는다. 내가 부처님은 아니지만, 이럴 때는 개 눈에는 개만 보인다는 말이 제격이다. 개들이 나와서 개판을 치면서 다른 개 좋은 일 하지 말고 이쪽 개 편을 들라니 어안이 벙벙하다.

언제 한번 진심으로 나를 자기들 무리로 쳐주기나 했는지 의문이지만, 점잖게 한마디하고 싶다. “이제 내 걱정 그만하시고 나라 걱정들이나 하세요! 저는 알아서 찍을랍니다.” 무슨 때가 되어야 허리가 숙여지는 간헐적인 공손함으로 세상을 바꾸기보다 뒤틀린 몸매나 좀 바로잡았으면 한다. 닥치지도 않은 어부를 들먹이며 겁주지 말고 진짜 속마음을 보여달란 말이다.

오줌통의 가르침

조선 전기의 문신 강희맹은 자식을 가르치는 데 특별한 방법을 썼다. 제목부터 '자식을 가르치는 다섯 가지 설(說)'이라는 이름의 「훈자오설(訓子五說)」을 써서, 이야기를 통해 자식을 깨우치려 했다. 세종 때부터 무려 6대의 임금을 거치며 관직생활을 했으며 문장가로 명성을 날렸던 그가 자식 걱정을 한 게 뜻밖이지만, 어쩌면 자신의 그런 대단한 삶이 자식을 도리어 망칠 수 있다고 여겼던 것 같다.

「훈자오설」 가운데 하나인 〈요통설(溺桶說)〉이 특히 그렇다.

> 당시 거리에는 소변이 급한 사람들을 위해 오줌통이 마련되어 있었지만, 유난히 유교적 예법을 따지던 시대였으니 어디까지나 양반이 아닌 아랫사람들을 위한 것이었다. 그러나 어느 양반집의 못난 아들이 거기에 몰래 오줌을 누곤 했다. 사람들은 그 아버지의 위세를 생각하여 제지하지 못했고, 아들은 기고만장하여 오줌통에 오줌 누지 않는 사람들을 비웃을 정도였다.

> 아버지가 그 사실을 알고 자식을 꾸짖었지만, 자식은 처음에는 안 그랬지만 이제는 사람들이 자신을 비난하지 않는다며 항변했다. 아버지는 이제 사람들이 제 자식을 포기한 것이라며 슬퍼했다. 얼마 후 아버지가 죽었고, 아들은 여전히 오줌통에 오줌을 누었다. 그런데 사람들이 아들에게 달려들어 뒤통수를 때려 기절하기에 이르렀다. 간신히 깨어난 아들이 지난 10년 동안 아무 일 없이 오줌을 누어왔다며 항변했지만 몰매가 돌아올 뿐이었다.

이 이야기에는 신분제 사회 특유의 윤리의식이 있다. 생리현상은 신분의 고하를 막론하고 동일하더라도, 높은 신분에게 요구되는 엄격한 규율과 체통이 있음을 분명히 한다. 노블레스 오블리쥬는 신분사회 어디에나 통용되는 불문율이 분명하다. 그러나 못난 아들은 그걸 모르고 아무데서나 오줌을 눌 수 있는 것을 자신의 특별한 권리로만 여겼다. 높은 신분의 사람이라면 그래서는 안 되지만 아버지의 위세 때문에 남들이 제지하지 못할 뿐이라는 뻔한 사실을 알아채지 못했다. 그러나 그 알량한 특권은 그리 견고한 것이 못 된다. 아버지의 위세가 꺾이거나 아버지보다 더한 위세 앞에 서게 될 때, 사람들의 몰매를 피할 길은 아득하다.

정권이 바뀔 때마다 세상이 뒤숭숭하다. 높은 데 있는 사람의 위세에 눌려서 눈만 흘기며 못 마땅해 하기만 하던 사람들이 이때다 하고 뒤통수를 치러 덤벼들기 시작하는 것이다. 그러나 뒤통수를 맞는 사람이라고 할 말이 없을 리가 없다. 그때는 옳았고 지금을 틀렸다는 앞뒤가 다른 논리를 도통 이해할 수 없는 것이다. 자신은 법의 테두리 안에서 정당하게 했는데 이제 와 위법의 올가미를 씌우니 분명 정치 보복이라고 항변한다. 그러나 저 역시 잘 나가던 때 누군가의 뒤통수를 쳤던 일은 까맣게 잊은 뒤라는 걸 유감스럽게도 잘 알아채지 못한다.

다행스럽게도 〈요통설〉 속 아들의 후일담은 훈훈하게 덧붙여진다. 나중에 참회하여 착한 선비로 거듭났다고 하니 말이다. 그러나 이야기처럼 세상 일이 수월하기가 여간 어렵지 않다. 역사의 거대한 수레바퀴는 언감생심, 다람쥐 쳇바퀴가 눈이 어지럽게 돌아간다. 어제도 오늘도 쉼 없이 돌아간다.

의리의 방향과 크기

'의리'를 사전에서 찾으면 제일 먼저 "사람으로서 지켜야 할 도리"로 나온다. 사람으로 마땅히 갖추어야할 규범인 것인데, 그 바로 아래에는 "사람과의 관계에서 지켜야 할 바른 도리"로 정의되어 혼란스럽다. 전자처럼 보편적인 도리를 강조하기보다는 특정한 사람과 사람간의 관계에서 지켜야할 바른 도리로 국한하기 때문이다. 물론 그 둘이 상충하지 않는다면 별 문제가 없으나 양립하기 어려울 때는 적잖은 문제를 야기한다.

을사오적 중의 한 사람인 군부대신 이근택이 을사조약에 서명을 하고는 귀가하여서의 일이다. 그는 땀을 흘리며 숨 찬 소리로 "내 다행히 죽음을 면했다."고 했다. 계집종 하나가 그 말을 듣고는 부엌칼을 들고 나와서 꾸짖었다. 주인의 이름을 불러가며 대신으로 국은을 입은 게 얼마나 큰데 죽지 못하고 살아난 걸 다행으로 여기다니 개돼지보다 못하다는 일갈이었다. 자신은 비록 천한 종이지만 개돼지의 종으로는 살 수 없다며, 힘이 딸려 이근택을 반 토막 내지 못하는 게 유감일 뿐이라며 옛주인에게 돌아갔다.(황현, 『매천야록』)

이근택이 의리를 저버렸으므로 종의 행동이 수긍이 되지만, 주인과 종의 관계로 생각하면 주인에 대한 의리가 걸린다. 특히 미천한 처지에서 어떻게 그런 결단이 가능했을지 의아한데, 이 종은 이근택의 며느리가 시집 올 때 친정에서 데려온 교전비였고 이근택의 며느리는 한규설의 딸이었다. 한규설은 당시 참정대신으로 을사조약에 끝까지 도장을 찍지 않았으며, 그 때문에 감금되고 파면 당했다. 이 종은 비록 현재 주인 이근택과의 관계가 우선한다 해도 바른 도리의 기준에서 옛주인 한규설을 따르는 것이 타당하다고 판단한 셈이다.

어떤 사람이든 맡는 역할이 여럿이니 그때그때 조금씩 다를 수는 있는데, 문제는 역할에 따라 아예 상반되는 행동을 보일 때이다. 가령 부모로서는 공부보다 인간이 중요하니 인간됨을 강조하지만, 학부모로서는 지금은 학생이니 공부가 우선이라는 식으로 양립불가능한 주문을 내곤 하는 식이다. 물론 이상적으로야 그 둘 사이에 아무런 틈이 없는 게 정상이다. 참된 인간이 되어 공부를 열심히 하고 공부를 하여 참된 인간이 되는 게 모범답안인데, 현실은 바로 지금 이 순간 어느 쪽에 설지 다급하게 판단해야만 한다.

그런 순간에는 언제나 감별사들이 판을 친다. 어느 쪽이 진짜인지 가려내겠다는 것인데 그 중요한 잣대중 하나가 바로 '의리'이다. 등을 돌렸으니 의리를 저버린 사람이라는 비난과, 의리를 저버린 게 아니라 바른 길을 간 것이라는 항변이 맞선다. 자신은 윗사람을 저버린 일이 없으니 진짜배기 의리라는 자랑과, 국익은 뒷전인 채 파당에만 빠져있다는 비판이 충돌한다. 주변을 돌보느라 해야 할 학업에 소홀했다는 변명과, 학업에 매진한 것은 훗날 주변을 돌볼 힘을 얻기 위한 것이었다는 항변이 맞선다.

그러나 정말 의리를 지켰느냐 여부보다 더 중요한 문제는 의리의 방향과 크기가 아닐까 한다. 대체 그 의리를 지켜서 어디로 가려는지, 그 의리에 태울 수 있는 사람은 어느 정도인지 말이다. 변명과 항변은 지난 일에 대한 것일 뿐, 그래서 지금 현재 어떻게 하고있는지 말이다.

자식과 이웃 노인

춘추시대 송(宋)나라에 어떤 부자가 살았는데, 비가 와서 담장이 무너져 내렸다. 그러자 아들이 "고치지 않으면 앞으로 필시 도둑이 들 겁니다."라 했다. 이웃 노인 또한 같은 말을 했다. 과연 밤이 되어 도둑이 들어 재물을 크게 잃었다. 그 집에서 아들은 대단히 지혜롭다고 여겼지만 이웃집 노인은 의심하였다.(『한비자』「세난(說難)」)

명불허전 한비자다운 설법으로, 말하기가 얼마나 어려운지 또 말을 통해 남을 설득하려 들 때의 위험에 대해 잘 설명하고 있다. 한 가지 상황을 두고 똑같이 말했는데 한쪽은 칭송받고 한쪽은 의심을 받았다는 것이 이 이야기의 핵심이다. 그러니 들을 사람 잘 가려서 말하라는 것쯤으로 이해하고 넘어가면 별 무리가 없어보인다. 아무리 좋은 말이라도 상대를 잘못 고르면 곤욕만 치를 터, 한 발 물러서서 구경이나 하자고 들면 마음이 편할 법도 하다. 나아가 그 주인이나 아들과 친한 사람을 물색해서 그를 통해 노여움 사지 않고 조언해주는 방법도 있겠다.

그러나 이 이야기에는 크게 간과한 것이 있다. 설득의 상대를 고르는 법만 강조했지 정작 상대의 적당한 대응에 대해서는 살피지 않은 점이다. 말한 사람이 아들이든 이웃이든, 말한 의도가 집의 손해를 보지 않게 하려는 것이었든 도둑질을 하려는 것이었든 담장이 무너지면 도둑이 들 위험이 커진다는 사실만큼은 변하지 않는다. 그럼에도 불구하고 주인은 제 잘못을 되짚는 것 대신 말해준 사람을 살피고, 그 말의 의도를 해석하기에 바쁘며, 주관적 해석에 따라 포폄하기에만 급급하다.

천하의 한비자도 빠져나갈 수 없는 일이 군주제의 족쇄였다. 군주를 설득하러 나섰다가 자칫하면 의심이나 받다 죽어나가는 상황에서 목숨 걸고 나서라는 말을 할 수는 없는 일이었다. 그러니 일단 상대를 보아가며 말을 해야할지 말아야할지 결정하는 게 지혜로운 일임이 분명했을 것이다. 그러나 이런 상황은 시대가 변했다고 크게 바뀌지는 않는 것 같다. 어떤 기관이나 단체든 예전의 군주제처럼 그 우두머리가 독단적으로 처리할 여지가 많지 않을 텐데 희한한 일이다. 공식적인 의사 결정 이전에 여기저기서 많은 의견들이 있었을 텐데 어느 한쪽 의견은 통으로 무시해놓고서는 일이 터지면 뒤늦게 호들갑이기 일쑤다.

그 중 최악은 최고결정권자가 아무 대비 없이 수수방관하여 그르치고서는 반성은커녕 제 자식을 두둔하며 애꿎은 이웃 노인만 다그치는 일이다. 담장을 고치라고 말한 이가 자식이든 이웃 노인이든 그 말이 옳다 여겼으면 당장 쌓는 것이 맞다. 또 만일 그 말이 옳지 않다면 자식이든 이웃 노인이든 가리지 않고 그 말이 틀렸음을 바로잡아주는 것이 맞다. 중요한 것은 말보다 실천이며, 그 실천의 결정권자는 언제나 무거운 책임감으로 결정에 임해야 하는 법이다.

그러나 애석하게도 담장을 고치지 않고 어물쩍대다 도둑을 맞았다면 어떻게 할 것인가? 말한 사람이 누군인가를 가려 뒷북치기 상벌을 주려 애쓸 여가가 없다. 제때에 담장을 수리하지 않은 잘못부터 반성하고, 아주 늦어버리기 전에 담장을 수리할 일이다. 또, 이번의 무능함을 거울삼아 각고의 노력을 기울인다면 더 좋겠고, 이런 불행한 사태가 제발하지 않도록 제도를 보완해놓는다면 금상첨화이겠다.

졸장부의 솥단지

고도 성장기를 지나면서 "하면 된다." 식의 결의를 빈번히 들어왔다. 세상사라는 게 해도 안 될 일도 있고 안 해도 될 일도 있으련만, 하면 된다는 신념이 나머지 경우의 수를 압도했었다. 그런데 신통하게도 그렇게 하여 안 될 것 같은 일도 적잖이 되고는 했으니 허언만은 아님이 분명하다. 문제는 해서는 안 되거나, 정상적으로 밀어붙이지 못할 일마저도 하면 되는데 왜 안 하느냐며 몰아대는 데 있다.

중국 진(秦)나라 말기, 진시황(秦始皇)이 죽자 폭정에 시달린 사람들이 여기저기서 들고 일어났다. 항량(項梁)도 그 중 하나였으나 진나라 군대의 기습을 받아 죽고 말았다. 이에 그의 조카 항우(項羽)가 출격할 때, 강을 건넌 후 타고 왔던 배를 부숴 침몰시키라 하고 싣고 온 솥마저도 깨뜨리게 했다. 병사들에게는 고작 3일분의 식량을 나누어 주었는데, 3일 안에 싸워서 이기지 못하면 돌아갈 방법도 없으니 죽기살기로 싸우라는 독려였다. 이 방법이

통하여 승전함으로써 항우가 반군의 맹주가 될 수 있었는데, 여기에서 나온 고사가 바로 '파부침주(破釜沈舟)'이다.

『사기(史記)』에 나오는 이 고사성어는 지금도 현실정치에서 심심찮게 소환되곤 하는데, 좀 찜찜한 구석이 있다. 위의 이야기에서처럼 비정예의 게릴라 부대가 대규모 정규군과 결사항전을 벌일 때야 그럴 듯하지만, 누가 뭐래도 정상적인 권력을 쥔 이들이 이 단어를 신주단지 모시듯 들고 나설 때면 어안이 벙벙하다 못해 해괴한 느낌마저 든다. 잠깐 뉴스 기사만 검색해 보아도, 어느 정권의 대통령 비서실장도 신년사에서 이 말을 쓰며 부하직원들을 독려하기도 했고, 지난 총선에서는 거대정당의 실세들마저 이 말을 쓰기에 거침이 없었다.

지금 우리에게 위기가 닥쳤으니 정신 바짝 차려 난국을 타개하자는 데야 굳이 토를 달아 반박할 이유가 없다. 그러나 파부침주를 들먹이며 나선다면 분명 번지수가 틀렸다. 그들의 권세라는 게 자신들이 병사를 일으켜 대단한 적들을 물리쳐 얻은 전리품 같은 것이 아니기 때문이다. 선출직으로 나섰든 시험을 쳐서 들어갔든 공직에 있는 사람이 누리는 권세는 모두 국민에게서 온 것이다. 국민들이 그들을 그 자리까지 올려놓아 막대한 세금으로 거둘 때야 고작 솥단지를 깨겠다는 으름장이나 놓기를 기대했을 리가 만무하다. 게다가 고사의 주인공 항우로 말하자면 '역발산기개세(力拔山氣蓋世)'를 읊던 그 영웅이다.

본분을 저버리고 있다가 수틀리면 솥단지나 깨겠다며 깽판을 치는 졸장부에 비할 인물이 아니다.

백번 양보하여 정말 그들 말대로 죽기로 덤벼드는 기개를 높이 산다 쳐도 개운치 않기는 마찬가지다. 이기지 못할 바에야 물에 빠져 죽겠다는 기세로 덤벼들었다면 진 쪽은 다 죽어나가 다시는 보이지 않아야 정상이다. 그러나 그렇게 결사항전으로 머리띠를 두르고 기세등등하게 맞붙던 싸움이 끝났는데도 여전히 어느 한 쪽도 사라지지 않고 으르렁대니 기이한 일이다. 더구나 누가 지원해주었는지는 모르지만, 때가 되면 어김없이 새 솥이 걸리고 새 배가 마련되니 기이를 넘어 신묘해 보인다.

기우(杞憂) 아닌 기우

쓸데없는 걱정을 많이 할 때 쓰는 말이 바로 '기우(杞憂)'이다. '노파심'이 그렇듯이 대개 하나마나한 걱정을 늘어놓을 때 상대의 입을 막느라 쓰는 말이다. 그러나 개중에는 꼭 해야 하는 걱정인데도 아무도 하지 않을 때 조심스럽게 꺼낼 때도 없지 않다. "제가 의문을 갖는 게 기우처럼 들리겠지만 한번만 다시 검토해주십시오."하는 식으로 말이다.

'기우'는 말 그대로 '기'나라의 걱정이다. 춘추시대의 작은 나라인 기나라에는 유난히 근심걱정이 많은 사람들이 있었던 모양이다. 심지어는 하늘이 무너지고 땅이 꺼질 것을 걱정하였던 사람이 있었다. 얼마나 심했던지 식음을 전폐하고 잠을 못 잘 정도였다니 주변사람들은 그 사람이 걱정하는 게 걱정이었다. 그래서 이웃사람 하나가 그를 찾아가서 하늘은 기운이 가득 쌓여 이는 것이므로 무너지지 않고, 땅은 사방의 흙덩이가 가득 차있는 것이니 꺼지지 않는다고 일러주었다. 그러자 그 사람이 비로소 걱정을 그치고 꿈에서라고 깬 것마냥 기뻐하며 생기가 돌았다고 한다.

그러나 현실을 돌아보면 기우가 쓸데없는 걱정만이 아니다. 멀쩡하던 땅에 싱크홀이 생기는가 하면, 하늘에서 물고기가 떨어져서 비린내가 진동하더라는 해외토픽까지 심심찮게 등장한다. 옛날이라고 그런 일이 없었을까싶긴 하지만, 이런 일은 확실히 요사이 훨씬 더 많은 것 같다. 물론, 인간의 힘이 닿지 않는 대자연에서도 싱크홀이 생겨왔으며, 회오리바람이 하천을 훑고 간 후 하늘에서 물고기가 떨어지는 일은 옛 기록에도 나온다. 문제는 그러한 자연적인 수준과 범위를 넘어갈 때이다. 도시에서 지하수를 너무 많이 퍼 쓰거나 물길을 인위적으로 변화시켜 생기는 싱크홀과, 지구온난화로 인해 돌변한 기후 탓에 심해진 토네이도 같은 경우 말이다.

인간이 자연의 일부라는 것을 까맣게 잊을 때, 쓸데없는 걱정을 진지하게 해야 되는 일이 생기는 것 같다. 북극곰이 별 생각 없이 헤엄을 치다가 쉬어야 할 얼음덩이가 사라진 걸 깨달을 때 그것이 북극곰만이 문제는 아닐 것이다. 이제 웬만큼 이상한 날씨가 닥쳐도 '기상이변'이라는 말을 쓰지 않고 덤덤히 받아들이게 되었다. 과학적으로 확증되기까지는 시간이 좀 걸리겠지만, 인간이 땅밑에서 퍼내 쓴 지하수 탓에 지구의 자전축이 바뀐다는 연구까지 나온 모양이다. 고향 땅을 떠난 일이 없이 지낸 3대가 각기 다른 날씨를 경험하는 희한한 세상을 맞고 보면, 지금이야 그렇다 쳐다 우리의 다음 세대, 다음다음

세대가 정말 걱정이다.

다른 나라와 비교할 때 우리나라는 하늘의 관대함을 믿어온 편이었다. 이내 얼어죽을 듯한 추위도 없고, 온 땅을 태워버릴 듯한 사막의 날씨도 없으며, 몇 달씩 지루하게 엇갈리는 우기와 건기도 없이 그저 편안한 편이기 때문이다. 그러나 이렇게 마구잡이로 자연을 약탈하며 살다가는 하늘의 관대함도 언제 바닥을 드러낼지 모를 일이다. '장마'의 낭만은 사라지고, '집중 호우'니 '극한 호우'라는 말이 통용된다.

사계절의 변화를 자랑하던 시절이 민망하게 지나고, 추울 때는 극지방처럼 춥고 더울 때는 적도처럼 타들어가는 이즈음, 더운 어디선가 드라마 대사가 들려오는 듯하다. "이러다간 다 죽어!"

아무의 죄도 아니라면

코로나19 사태를 맞아 뜻밖의 비상사태를 겪었다. 비상이 일상이 되어버린 '뉴노멀'의 시대를 지나온 것이다. 마스크 쓰기도 답답하고, 사람 못 만나는 세월도 지루한 나날들이었다. 그러나 고작 답답함과 지루함을 내세운다면 팔자 편한 사람이 분명하다. 미국 같은 초강대국도 3,000만이 넘는 실업자가 쏟아져 나왔을 정도이고 보면 지구촌 어느 한 구석도 편했을성싶지 않다. 성금을 모으고, 재난기금을 풀어보았지만 역부족이고, 광풍이 지난 뒤에는 그 후유증이 더욱 심각하다.

조선조 세종 임금 시절, 강원도 어느 고을에 백성들이 의창(義倉)의 곡식을 빌려다 쓰고는 태반이나 갚지 못하는 사태가 벌어졌다. 고을 수령이 허위로 회계 장부를 꾸며 적었는데 관찰사 황희가 그 죄를 다스릴 것을 청했다. 그러자 세종이 답했다. "근래에 이 도의 백성들이 생업을 잃고서 노인과 아이를 이끌고 산지사방으로 흩어졌는데 어느 겨를에 환곡을 갚겠소? 이와 같은 일에 죄를 준다면 이는 우리 백성을 두 번 괴롭히는 일이 될 것이니 죄를 논하지 마시오."

야담이나 설화로 전해지면 딱이었을 이야기이지만, 『국조보감(國朝寶鑑)』에 실린 것이고 보면 큰 에누리 없는 사실일 것이다. 조선조 역대 왕들의 업적 가운데 선정(善政)만을 뽑아놓은 책이니 과장이 있을 거라며 곱지 않게 볼 필요도 없다. 백성들은 먹고살기 어려웠고 관가의 곡식을 빌렸으나 갚지 못했다. 수령은 백성을 벌하는 대신 장부를 조작했다. 관찰사는 감사를 해야 했으니 잘못을 물어야 한다고 했다. 백성은 백성대로 곤궁한 형편이 딱하고, 빈 창고를 어쩌지 못하고 장부를 조작한 수령도 안쓰러우며, 그 빤한 사실을 알고도 논죄(論罪)를 해야만 하는 관찰사도 이해가 된다.

"결자해지(結者解之)"는 일상에서 흔히 쓰는 말이지만, 대부분의 경우에 있어서 어느 한 사람이 매듭을 묶어서 일이 꼬이지는 않는 것 같다. 여러 사람이 저마다의 끈을 들고 오가다가 묶인 경우가 태반이며, 드물기는 해도 딱히 누구 하나 '결자'라고 할 만한 사람이 없는 경우도 없지 않다. 경험에서 알 듯이 한두 번 가볍게 묶인 매듭이라면 길어야 1,2분 안에 쉽게 풀리는 법이다. 고약하게 여러 번 매듭지어지고 그 실마리가 어딘지도 모를 때, 나중에는 이게 복잡한 매듭인지 애초에 그냥 한 덩어리인 건지조차 분간이 안 갈 때 끝까지 풀어보는 게 나은 건지 가위를 가져다 자르는 게 나은 건지 헷갈린다.

그런 최악의 경우를 만나면 누구나 이성을 잃기 쉽다. 다급한 마음에서 충동적으로, 혹은 저 혼자 면피할 요량으로 누군가에게 화살을 돌려보고싶은 충동이 일기도 한다. 문제는 그렇게 겨눈 곳이 대체로 가장 힘없는 곳, 그래서 자신에게 보복할 엄두도 못 낼 가엾은 곳이라는 사실이다. 이럴 때는 긴 말이 필요 없다. 교황 베네딕토16세와 프란체스코 의 이야기를 담아낸 영화 〈두 교황〉의 명대사 한 줄이면 족하다.

"누구의 잘못도 아니라면 우리 모두의 잘못입니다."

만만쟁이의 비애

몇 해 전, 모 TV 프로그램 관계자로부터 〈수궁가〉의 범 내려오는 대목을 풀어달라는 의뢰를 받았는데, 교육방송도 아닌 일반 방송에서 그 대목이 왜 궁금한지 의아했다. 어느 밴드가 〈범 내려온다〉를 불러 인기몰이 중인 것을 몰랐기 때문이었는데, 그걸 제대로 이해하려면 전후맥락을 알아야 한다. 자라가 토끼를 '토 생원'이라고 부른다는 것이 그만 "토, 토, 토, 토, 토, 호 생원 아니요?"라고 발음이 새는 바람에 토끼 대신 호랑이가 나타났다.

호랑이가 산속에서 임금으로 군림했지만 생전에 '생원'으로 불리기는 처음이어서 신나게 내려오는 대목이 바로 "범 내려온다, 범 내려온다."의 가락이다. 생원은 본디 소과(小科)인 생원시(生員試)에 합격한 사람을 말하지만, 실제로는 나이 좀 있는 선비를 높여 부르는 말로도 쓰였다. 산중의 왕이라는 호랑이가 그 '생원' 소리에 신바람이 났다면, 힘없는 토끼는 두말할 필요가 없을 것이다.

토끼의 평생 한은 자신이 산속 동물 누구나 만만하게 여기는 만만쟁이라는 사실이다. 호랑이나 멧돼지 같은 큰 짐승은 말할 것도 없고 쥐와 여우, 다람쥐 같은 작은 짐승조차 '토 생원'은 고사하고 '토끼야, 토끼야!'로 동네 애들 부르듯 하니 그럴 수밖에. 그런데 그렇게 무시당하는 처지일수록 도리어 헛된 명예욕이 커지기도 하는 법이어서 사실과 아주 어긋나는 아부나 찬사에도 약해지는 경우가 제법 있다.

별주부는 바로 그러한 토끼의 약점을 콕 집어 유인했다. 토끼가 수궁에만 들어가면 높은 벼슬을 할 것이라 사탕발림을 한다. 그러나 토끼도 자신이 얼마나 무식하며 얼마나 왜소한지 잘 아는 터였다. 그래서 수궁에는 유식한 벼슬아치들이 많지 않은지, 덩치 큰 짐승은 없는지 넌지시 물어본다. 그러자 별주부는 거기에 가면 토끼가 제일 유식할 것이며, 장군감이라는 말도 안 되는 답을 한다. 사는 곳을 바꾼다고 일자무식에서 유식한 이로 바뀔 리도 없고, 집채만 한 고래가 사는 수궁에서 대장노릇이라니 어불성설이다.

그러나 평소 벼랑에 내몰린 채 비참한 삶을 살아간다고 여기던 토끼에게 그 사탕발림이 전혀 허황되게 들리지 않았다. 오히려 비현실적으로 달콤할수록 더 현실적으로 보이는 기이함이 연출되었다. 어찌된 일인지 물을 만나면 그나마 있던 힘도 못쓰는, 물이라면 기겁을 하는 동물이 바로 토끼인데 제가 살던 산속을 내팽개치고 망망대해 바닷속으로 기꺼이 들어가는 용기를 보이는 것이다. 저보다 작은 짐승들조차도 아이 부르듯 "토끼야!"를 불러대는 세상을 살아가다가, "토

생원!"하고 부르는 소리는 귀가 확 뜨일 만한 솜사탕이었다.

제가 가진 열악한 조건은 그냥 둔 채 한탕주의의 유혹에 귀가 팔랑일 때 만만쟁이의 비애는 한층 더해지는 것 같다. 가난한 사람은 가난을 숨기려 자꾸 더 가난해진다더니, 만만쟁이도 만만해 보이지 않으려 도리어 더 만만해진다. 무식해 보이지 않으려면 공부를 해야 하는데, 자기보다 더 유식한 사람이 있는 곳을 피하는 방식으로 이상하게 모면하려 든다. 힘이 없으면 힘을 키우든가 그걸 대체할 다른 능력을 갖추어야 하는데, 자신보다 힘이 없는 쪽으로만 가고싶어 한다.

"범 내려온다."의 호기로움이 "토끼 내려온다."에서도 가능하기까지 갈 길이 멀다.

교각살우(矯角殺牛) 유감

교각살우, 뿔을 바로잡으려다 소를 죽인다는 뜻이다. 사소한 일로 큰 일을 망친다니 딱한 일이지만, 성형수술을 받다 죽는 사람도 있고 보면 이런 일이 아주 없지는 않은 모양이다. 그러나 그만 해도 미모지상주의 시대에 예뻐지려는 노력이어서 얼마간 이해가 되기도 하지만 쇠뿔을 바로잡는 일은 선뜻 받아들이기 어렵다. 그렇게 해서 소에게나 사람에게나 큰 이익이 없을 것 같기 때문이다.

제사를 지낼 때는 제물을 바쳤다. 특히 하늘에 지내는 제사처럼 규모가 있는 제사에서라면 소나 사슴 같은 뿔 달린 큰 동물을 희생으로 쓰곤 했다. 뿔은 몸의 가장 높은 머리끝에 나서 하늘을 향해 솟아있으니 그만한 상징성을 찾기도 쉽지 않다. 이럴 때 쓰는 소라면 뿔 모양이 좋아야했고 그런 소는 값이 더 나갔을 터이다. 이를 위해 무리하게 뿔을 교정하다가 소가 죽었다는 말이다.

그러나 본래의 의도를 떠나서 소의 입장에서 이만큼 무익한 일이 없다. 뿔이 멋지다고 여물이나 더 먹여주는 것도 아니고 결국 누군가를 위한 제물에 그칠 뿐이지 않은가. 물론 세상을 위한 큰 일에 나서는 희생이라면 영예로운 일일 수 있을 테니 삐딱하게만 볼 일은 아니다. 문제는 실제로 그렇게 큰 뜻이 있는 것도 아니면서 고치겠다고 덤벼드는 데 있다. 마치 뿔만 바로잡게 되면 그간 만나지 못한 대운이 몰려올 듯이 너도 나도 뿔을 잡고 흔들어댄다.

그러나 뿔을 바로잡겠다며 덤벼드는 사람에게 먼저 확인할 게 있다. 진짜 제사를 준비하는지부터 묻고, 뿔을 바로잡을 능력이 있는지 살피며, 헛된 죽음으로 그치지 않을 방책을 요구해야만 한다. 하늘에 지낼 큰 제사가 아니라면 굳이 뿔 달린 짐승을 쓸 일이 없다. 만일 땅에 지낼 제사라면 짧은 다리로 바짝 땅에 붙어 바닥에 코를 박고 킁킁대는 돼지면 족한 법이다. 또 실제 하늘에 제사를 지내려 한다 해도 제사를 지내는 일과 뿔을 교정하는 일은 완전히 다른 영역의 일이다. 뿔을 바로잡을 능력은 고사하고 뿔만 보면 겁부터 나는 사람이 어설프게 나설 수는 없는 노릇이다. 끝으로, 그런 능력까지 갖추었다 해도 그 희생이 거룩하게 되는 것은 또 다른 차원의 문제이다. 무슨 제사인지도 모른 채 일단 제물부터 마련해보자는 심산이라면 헛된 희생이기 쉽다.

만약 그 세 가지 조건을 갖추지 않은 채 뿔을 바로잡겠다고 덤벼드는 이라면 뿔은 고사하고 털끝 하나 건드리게 해서는 안 된다. 또 이것저것 다 떠나서, 그 모든 조건을 갖추었다 해도 소로서는 탐탁지 않은 일이 하나 있다. 대체 내가 살아가는 데 아무 지장이 없는 뿔을 왜 고쳐야 하는지 말이다. 제사를 지내는 데야 번듯한 뿔이 더 가치가 있다 해도 평화로이 풀이나 뜯으며 지내는 데 굽은 뿔이 문제될 것은 없다. 뿔은 한낱 핑계일 뿐, 어느 집단에서나 헤게모니가 바뀌면 지난 잘못을 바로잡아야 한다며 덤벼드는 칼춤이 이제는 무섭기보다 염증이 난다.

이쯤에서 진지하게 따져 묻고 싶다. 당신 눈에 눈엣가시 같은 게 못난 뿔인지 그 뿔이 달린 소인지, 뿔을 바로잡으려다 소를 죽이게 된 건지 소를 죽일 작정으로 뿔에 손을 댄 건지, 뿔을 바로잡기는 한 건지, 바로잡는 척만 하면서 다른 데를 털고 있는 건지, 그리고 당신은 남의 비뚤어진 뿔 걱정을 먼저 할 만큼 그렇게 반듯한지.

광대의 눈, 광대를 보는 눈

> 조선 명종대에 귀석이라는 광대가 있었다. 궁궐잔치에 불려 다닐 정도로 인기를 끌었다. 그는 풀을 묶어 꾸러미 네 개를 만들었는데, 큰 것이 두 개, 중간 것이 한 개, 작은 것이 한 개였다. 그러면서 스스로 수령이라 칭하면서 동헌에 앉아서는 물건을 바치는 일을 담당하는 아전을 불렀다. 그러자 아전으로 분장한 광대가 무릎걸음으로 기어 나왔는데, 수령 자리에 앉은 진석은 큰 꾸러미 하나를 주며 나지막히 말했다. "이건 이조판서께 드려라." 또 큰 꾸러미 하나를 주며 "이건 병조판서께 드려라."고 했다. 그리고는 중간 꾸러미를 주면서는 "이건 대사헌께 드려라." 하더니, 마지막으로 작은 꾸러미를 주면서 말했다. "이건 임금님께 진상해라."

유몽인의 『어우야담』에 나오는 이야기이니 얼마간은 사실에 바탕을 두었을 것이고 얼마간의 농필(弄筆)도 있음직하다. 그 사실여부를 따지려면 역사적으로야 고증이 필요하겠지만, 문학에서는 사실보다 중요한 것이 있다. 그런 이야기가 나왔다면 나올법한 이유가 있을 터, 거기가 바로 요체이다. 명종은 12세에 즉위하여 어머니 문성왕후의 수렴청정을 받아야 했던 인물이고, 문성왕후의 동생 윤원형이 전면에 나서면서 파열음이 그치지 않았다. 윤원형이 이조판서를 지낸 인물이고 보면, 광대가 지목한 1순위의 위엄이 분명하다. 또 나라가 어지러울수록 병조판서 같은 자리는 최측근을 등용하는 까닭에 그 다음 순위가 되기 쉽겠고, 대사헌은 국가 사정업무의 총책이니 거기에 밉보였다가는 출세는 차치하고 목숨을 보존하기조차 쉽지 않았겠다.

그러니 이 이야기는 고을 수령에서부터 이조판서, 병조판서, 임금이 모두 타락한 총체적 부패상을 보여준다고 보면 된다. 어느 하나 제대로 된 구석이 없는 세상이 잘 돌아갈 리가 만무하다. 게다가 뇌물의 크기를 보면 완전히 거꾸로 되어 있지 않은가. 임금, 이조판서, 병조판서의 정상적인 순서를 뒤집어놓음으로써 한 나라의 실세가 누구인지를 극명히 드러내준다. 자리의 순서와 힘의 순서가 뒤섞인 나라가 제대로 다스려질 리가 없고, 광대는 그 난국을 익살스럽게 표현해냈다. 궁궐잔치에서 그런 레퍼토리를 펼칠 만큼 담대하기도 했고, 그렇게 해도 이상하지 않을 만큼 어지러운 세태였다는 의미이기도 하다.

그러나 이야기를 한 발짝 떨어져서 보면 퍽이나 이상한 대목이 있다. 이조판서, 병조판서, 대사헌, 임금의 순서가 거꾸로 되었다고 짚어주면서 그 근거로 진상품의 크기를 들기 때문이다. 거기에는 순위가 높을수록 크게 써야 합당하다는 사고가 깔려있는 듯하지만, 비정상적인 관행을 정당시하는 타성이 엿보이는 것이다. 정상적인 나라라면 업무의 크기가 크면 그에 합당한 보수와 예우를 크게 할 일이지 뒷돈으로 보상을 구해서는 안 된다. 고을 수령으로서 임금님께 가는 진상품이야 가상하다 쳐도, 판서에게 바치는 물건이란 필경 뇌물이다.

뇌물 수수의 부당함은 당연시하면서 뇌물의 크기만 문제 삼을 때, 나보다 더 주고받은 놈이 얼마나 많은데 만만한 사람만 족친다는 하소연을 막아낼 수가 없다. 그보다 더 끔찍한 것은 뇌물 상납이 덜 되어서 나락에 떨어졌다고 깊이 반성하는(?) 폐족을 양산하여 보고 싶지 않은 설욕전이 성사되는 일이다.

아득히 멀어져간 평범

오래 전, 친구 하나가 자신은 평범하게 되는 게 꿈이었다고 했다. 소싯적 자신은 절대 평범할 수 없다고 여겼다는 거다. 그리 비범해 보이지 않는 친구의 입에서 나온 말이라 의아했지만, 누구나 젊어 한때 그런 생각을 하는 게 그리 이상한 일은 아니다. 나처럼 비범한 사람이 이처럼 평범하게 살다니 하며 애석해하는 저 잘난 맛이 어쩌면 청춘의 특권인지도 모를 테니 말이다. 그러나 살아보니 이 평범이란 녀석도 그리 예사로이 볼 일이 아니다.

우리에게 익숙한 옛이야기 〈우렁각시〉에는 정말 평범하게 살고싶은 총각이 등장한다. 논에 나갔다가 "이 농사를 져다 누구하고 먹나?" 라고 혼잣말을 하면, 땅 밑에서 "나하고 먹지 누구하고 먹어?"라는 말이 들린다. 그 날 이후 총각이 귀가하면 멋진 밥상 차려져 있었는데, 어느 날 일을 나가는 척하면서 몰래 엿보았더니, 천하절색의 미녀가 우렁이 껍질 속에서 나와서 청소하고 음식 준비를 하는 것이었다. 그러나 이 여자는 아직 때가 아니니 조금만 기다려달라고 했다.

총각은 각시가 얼마나 예뻤던지 집에 두고 일을 나갈 수가 없었고, 화가를 불러 그 각시의 얼굴을 그려서 일터로 가지고 나갔다. 그림을 걸어두고 일을 하던 중에 그림이 바람에 날려 높은 사람에게까지 가고 그로써 노총각의 꿈같은 시간은 끝나고 만다. 그 뒷이야기는 여러 갈래로 달리 전해지지만 가장 비극적인 버전은 우렁각시가 벼슬아치의 눈에 띄어 잡혀갔으나 아내가 되어달라는 요구를 거절한 대가로 죽임을 당하는 식이다. 이어 남편 또한 슬픔을 못 이기고 죽어버리는 비극을 맞는데, 나중에 우렁각시는 참빗이 되고 남편은 파랑새가 되었다고 한다. 참빗은 여성이 몸단장을 하는 도구이며, 파랑새는 여기저기를 구슬피 울며 떠도는 새다. 더 이상 몸단장을 할 필요가 없게 된 아내와, 그런 아내를 잃고 온 세상을 헤매는 남편의 상징이다.

그들이 꾼 꿈은 참으로 평범한 것이었다. 고관대작을 꿈꾼 것도, 호의호식을 바란 것도 아니고 그저 한 집에서 알콩달콩 지내는 일뿐이었다. 또 그를 위해 열심히 일하고 지독히 사랑했을 뿐인데도 그 소박한 꿈이 어느 바람결에 휙 날아가버렸다. 그런 일이야 옛이야기려니 하고 지나면 그뿐이겠으나 주변을 둘러보면 영 개운치 않다. 요 몇 년 새 부동산 광풍이 지나고 나자 평범한 사람들의 평범한 꿈이 아득히 멀어져갔다. 집 하나 장만하여 이사 걱정 없이 편히 지내보려던 소박한 희망이 사라져간 것이다. 그간 인구가 늘어난 것도 아니고 집이 줄어든 것도 아니고 보면 더욱 의아한 일이다. 이야기에서야 부당한 걸 강제로 요구하는 고을 사또나 임금님 때문에 생긴 비극이라 치부할 수 있겠지만, 이 대명천지에 어째서 그런 일이 생기는지 도무지 알 수 없는 일이다.

슬프게도, 우렁이도 몸에 붙이고 다녔던 집 한 채를 구하기가 어려워 곳곳에 참빗을 떨구고 파랑새를 만들어간다. 달팽이도 아닌 민달팽이의 고단한 신세로 곳을 누비게 된다. 임을 만날 생각에 거울 보며 단장하는 평범한 꿈이, 작은 집을 마련하여 임과 함께 편안히 보내고 싶은 그 평범한 꿈이 누군가의 욕심으로 아득히 멀어져간다. 옆자리에 앉은 동료가 폭등하는 집값 때문에 밤잠을 못자는 줄 모르고 제가 투자랍시고 따로 사둔 집값이 오른 걸 자랑하는 파렴치한이 없어지지 않는 한, 이 비극은 멈출 수가 없다. 아니, 어쩌면 더욱 서글프게도, 우리 모두의 욕심 때문에 소박한 희망이 비범한 욕망으로 변질된 것인지도 모를 일이다.

이강엽

연세대학교 국어국문학과를 졸업한 후, 동 대학원에서 한국고전문학을 전공하여 석사·박사 학위를 취득하였다. 현재 대구교육대학교 국어교육과 교수로 재직 중이며, 고소설 및 설화문학 등 옛이야기 문학을 중심으로 연구하며 글을 써오고 있다. 그 동안 쓴 책으로는 『토의문학의 전통과 우리 소설』, 『신화 전통과 우리 소설』, 『강의실 밖 고전여행』, 『살면서 한번은 논어』, 『고전문학, 세상과 만나다』 등이 있다.

그리움의 그리움

초판 1쇄 인쇄 2024년 8월 16일
초판 1쇄 발행 2024년 8월 28일

지은이 이강엽
펴낸이 최종숙
펴낸곳 글누림출판사

편 집 이태곤 권분옥 임애정 강윤경
디자인 안혜진 최선주 강보민
마케팅 박태훈 한주영

주 소 서울시 서초구 동광로46길 6-6(반포4동 577-25) 문창빌딩 2층(06589)
전 화 02-3409-2055(대표), 2058(영업), 2060(편집)
팩 스 02-3409-2059
전자메일 geulnurim2005@daum.net
홈페이지 www.geulnurim.co.kr
등록번호 제303-2005-000038호(2005.10.5.)

ISBN 978-89-6327-738-7 03810